Die Stuttgarter Autorinnengruppe

Anna Leyk (Hrsg.), Katrin S. Knopp,
Johanna Schließer, Sabine Wälz

Stuttgarts geheime Portale und wie man sie durchquert

Anthologie

Impressum

Bibliografische Information der Deutschen Nationalbibliothek:
Die Deutsche Nationalbibliothek verzeichnet diese Publikation in der Deutschen Nationalbibliografie; detaillierte bibliografische Daten sind im Internet über http://dnb.dnb.de abrufbar.

© 2025 Anna Leyk (Hrsg.)
Kontakt: diestuttgaterautorinnen@gmail.com
Umschlag, Illustration: Vanessa Holzapfel
Lektorat, Korrektorat: Corinna Wälz
Autorenfotos: Marc Würde

Verlag: BoD · Books on Demand GmbH, Überseering 33, 22297 Hamburg, bod@bod.de
Druck: Libri Plureos GmbH, Friedensallee 273, 22763 Hamburg
ISBN: 978-3-7693-1783-1

Inhalt

Vorwort

Anna Leyk

Vorwort

Im Frühjahr bin ich vom Stuttgarter Osten aus in den Stubenweinbergen spazieren gegangen. Die Wege waren mir bekannt, ich hätte sie mit verbundenen Augen laufen können, so oft war ich sie schon gegangen. Aus einer puren Laune heraus nahm ich an einem Wegkreuz nicht die altgewohnte Biegung in Richtung meines Zuhauses, sondern wählte die andere Option. Kaum dreihundert Meter weit führte mich der Weg, dann ging er in einen engen Pfad über, dem ich so lange folgte, bis er an einer Treppenflucht endete. Durch wildgewachsene Hecken kaum einsehbar, wirkte die ausgetretene Staffel so verwunschen, als wäre sie einem alten Märchenbuch entsprungen. Ich war verzaubert vom verborgenen Charme der Treppe und stieg langsam Stufe für Stufe hinab. Ich ging sie ein wenig unsicher und gleichzeitig sehr neugierig darauf, wohin sie mich bringen würde. Unten angekommen, sah ich eine alte Holzkirche mit einem Friedhof davor, der so aus der Zeit gefallen wirkte, dass er nur mit dem altmodischen Namen Gottesacker bezeichnet werden konnte. Der Ort war verlassen, und es schien, als wäre er seit einhundert Jahre nicht mehr betreten worden. Ich spürte mit jeder Faser den Sog des Vergangenen; fast war mir, als würde ich in der Ferne sogar das Hufgeklapper von Pferdefuhrwerken hören. Ich konnte es kaum glauben, doch keine drei Kilometer von meinem Wohnort entfernt hatte ich einen magischen Ort entdeckt, der weiter weg schien, als ich je zuvor in meinem Leben gewesen war.

Stuttgart ist voll von solchen magischen Orten. Für alle, die etwas entdecken wollen, offenbart die Stadt eine große Anzahl an faszinierenden Plätzen; einige licht und heiter, andere düster und unheimlich. Was liegt da für eine Stuttgarter

Autorinnengruppe näher, als sich dieser Orte anzunehmen?

Einen Stadtplan mit Beschreibungen zu erstellen, ist noch ohne Schriftstellerei und gänzlich ohne Magie. Es existieren zahlreiche Stadtpläne, Stadtführer zu historisch bedeutenden Plätzen, Tipps zu den angesagtesten Spots der Schwabenmetropole. Doch welche verborgenen Geheimnisse schlummern unter der Oberfläche? Was wäre, wenn all die Durchgänge, Türen oder Tore an Parks und Gebäuden nicht nur räumlichen Zutritt zu einem Ort gewähren, sondern Einlass in andere zeitliche oder weltliche Dimensionen? Was wäre, wenn es nur ein winziges Detail wie ein außergewöhnliches Wetterphänomen, eine seltene Mondkonstellation oder das Berühren eines Steins bräuchte, damit sich uns Portale in andere Welten öffnen?

Unsere Autorinnengruppe hat diese besonderen Orte aufgespürt, einige davon längst Lieblingsplätze, andere neu entdeckt. Auf der Suche nach dem Geheimnisvollen sind sieben magische Geschichten entstanden, die zeigen, was passieren kann, wenn die Stuttgarter Portale durchschritten werden.

Vollmondtanz – Follow the White Rabbit

Katrin S. Knopp

Bildquelle und Rechte: MSeses CC BY-SA 3.0

Vollmondtanz – Follow the White Rabbit

Damit sie mir nicht von der Schulter rutschte, krampfte ich meine Hand um den Tragegurt meiner schweren Reisetasche. Bei jedem Schritt schlug sie gegen meinen Oberschenkel. Ich rannte, so schnell ich konnte, dabei den entgegenkommenden Fußgängern und Kofferträgern auf dem Bahnsteig ausweichend. Meine Lungen brannten.

Doch es war zu spät. Mit lautem Piepen schlossen sich die Türen und langsam setzte sich der Zug Richtung München in Bewegung. Es war der letzte, der heute fuhr.

Ich wurde langsamer, blieb stehen, blickte den roten Lichtern des Zuges hinterher, der langsam beschleunigte und in die Dunkelheit verschwand. Auch die Passanten, die mir entgegenkamen, wurden weniger. Bis ich schließlich allein auf dem Bahnsteig stand.

Stuttgart! Wie lang war ich nicht mehr hier gewesen. Ein Teil meiner Vergangenheit, unter den ich endlich einen Schlussstrich hatte ziehen wollen. Nun war ich also von allen möglichen Orten ausgerechnet hier gestrandet. Und das nur, weil ich die Umsteigezeit von einer dreiviertel Stunde hatte nutzen wollen, um mir noch etwas zu essen zu holen. Wütend pfefferte ich meine Tasche zu Boden. Wie um alles in der Welt hätte ich auch ahnen sollen, dass sich die Fußwege zu den Gleisen durch die Bahnhofsumbauten von Stuttgart 21 verlängert hatten und jetzt auf Umwegen um die Bahnhofshalle führten? Was für ein schwachsinniges Bauprojekt.

Missmutig schüttelte ich den Kopf und hob die zerdrückte McDonald's-Tüte hoch. Immerhin hatte ich nun Zeit, in Ruhe zu essen.

Mit einem Schulterzucken schob ich den Gurt meines Gepäckstücks über den Kopf und drehte mich um. Langsam lenkte ich meine Schritte wieder der Innenstadt zu und während ich den langen Weg Richtung Fußgängerzone zwischen Baustelle und Schnellstraße entlang schritt, wanderten meine Gedanken zurück zum Grund meiner Reise. Und weiter in die Vergangenheit. Nach Stuttgart und zu Alice.

Wir hatten uns während des Studiums kennengelernt. Architektur an der Bauhaus-Universität in Weimar. Alice war mir sofort aufgefallen. Klein und zierlich, doch voller Energie. Sie strahlte förmlich Lebensfreude aus. Sie zog mich unwiderstehlich an. Ihr Lachen war glockenhell und die Aussprache ihres Dialekts weich. Dabei nahm sie kein Blatt vor den Mund, ging auf jeden direkt zu. Fröhlich und unbekümmert. Ich weiß noch, wie bei unserem ersten Zusammentreffen ihre blonden Haare im Licht der Herbstsonne geglänzt, ihre Augen geblitzt hatten, als wir bei der Erstsemesterführung gemeinsam durch die Weimarer Altstadt geschlendert waren.

Wie ein schillernder Schmetterling war sie mir erschienen. In ihrer Leichtigkeit und Unbeschwertheit das genaue Gegenteil von mir. An mir war alles Durchschnitt. Meine Körpergröße, mein mittelbraunes Haar, das Allerweltsgesicht. Alles an mir war eine Spur zu weich, die Kinnpartie, der Mund, die Augen, die Statur. Wie gerne hätte ich an diesem Tag männlicher ausgesehen, eindrucksvoller und bestimmter gewirkt, um Alice zu beeindrucken. Doch trotz meiner Schüchternheit hatte sie sich sofort mit mir angefreundet, wurde sogar meine erste feste Freundin.

Warum, ist mir bis heute ein Rätsel. Zuerst hatte ich mein Glück nicht fassen können, doch irgendwann war ich ganz selbstverständlich davon ausgegangen, dass sie auch das weitere Leben mit mir teilen würde. Schließlich hatte sie mir ihre Familie und Freunde aus Stuttgart vorgestellt und ich hatte sie in den Semesterferien immer wieder dort besucht.

Doch mit genau derselben Unbeschwertheit, mit der sie in mein Leben geschwirrt war, verließ sie mich auch wieder. Nach dem Abschluss unseres Studiums vor einem halben Jahr war sie davon geflattert, um einen Aufbaustudiengang in Brüssel anzutreten. Ich blieb zurück in Weimar. Mit gebrochenem Herzen, einem mittelmäßigen Zeugnis und einem schlechtbezahlten Job als Kunstvermittler im Bauhaus-Museum.

Lange hatte ich die Wunden geleckt, bevor ich es gewagt hatte, mich neu zu sortieren. Doch jetzt hatte ich endlich die Aussicht auf einen Neuanfang: einen Praktikumsplatz beim renommierten Innenausstatter District8 in München. Und nun war ich unterwegs in mein neues Leben, zuerst nach Frankfurt, um einige Dinge bei meinen Eltern unterzustellen, und dann weiter nach München. Dass ich ausgerechnet beim Umsteigen in Stuttgart stranden würde, damit hatte ich von allen Eventualitäten am wenigsten gerechnet.

So sinnend erreichte ich schließlich den Ampelübergang, der von dem Bahnhof zur Fußgängerzone, der Königstraße, führte. Wohin um alles in der Welt sollte ich jetzt? Mich in den Park setzen, um dort mein Abendessen zu mir zu nehmen? Oder sollte ich mich nach einem noch geöffneten Biergarten umsehen? Der Himmel war wolkenlos und die Sommernacht lau.

»Grün!«, hörte ich eine helle Stimme neben mir und schreckte aus meinen Gedanken.

Eine junge Frau stand neben mir. Schlank und hochgewachsen. Sie taxierte mich eindringlich. »Sollen wir in den Park und gemeinsam was essen?«

Hatte sie etwa meine Gedanken gelesen? Ihre großen wasserblauen Augen waren leicht zusammengekniffen, als sie mich von oben bis unten musterte.

Mir wurde mit einem Mal ganz heiß, und ich fragte mich, wie ich auf sie wirken musste. In meinen zerbeulten Jeans, mit den ausgetretenen Chucks, dem etwas zu langen

Haar, das mir in die Augen hing. Dazu die abgeschabte Reisetasche über der Schulter und die zerdrückte McDonald's-Tüte in der Hand. Ich räusperte mich verlegen.

Sie stieß mich mit dem Ellbogen an und ging über die Straße. Verblüfft schaute ich ihr hinterher. Sie trug ein hellblaues Sommerkleid, das am Rücken mit einer weißen Schleife gebunden war. Fahl schimmerten die langen weißblonden Haare im orangefarbenen Licht der Straßenlampen. Sie leuchtete von innen heraus. Mit ihrer hellen Haut und den Pastellfarben ihres Kleides erschien sie mir wie ein Glühwürmchen, das zwischen den grell geschminkten Mädchen und den bunt gekleideten Partygängern herausstach, die nun langsam die Straße bevölkerten.

Sie drehte sich um und warf mir über die Schulter ein Lächeln zu. »Jetzt komm schon!«

Hastig straffte ich den Riemen meiner Tasche und folgte ihr.

Als ich den zerdrückten Burger aus der Papiertüte fischte, fühlte ich schon, dass er längst kalt geworden war. Egal. Inzwischen hatte ich riesigen Hunger und hätte selbst eine der Brezeln vom Vortag, die Alice immer aus Stuttgart nach Weimar gebracht hatte, mit größtem Appetit verschlungen. Der Teig schon trocken, die Lauge aufgequollen. Mit einem Schulterzucken wickelte ich den Burger aus dem Papier und biss herzhaft hinein.

Dabei ließ ich den Blick über die Wasserfläche des Anlagensees schweifen. Wir hatten auf einer der Bänke Platz genommen, die das Opernhaus flankierten. Streng und elegant erhob sich die klassizistische Fassade. Das Halbrund des geschwungenen Baukörpers wurde von hohen Säulen rhythmisiert und schloss mit einer von Statuen geschmückten Balustrade ab. Von Scheinwerfern angestrahlt, hob sich der helle Sandstein des Gebäudes in einem warmen Goldton vom samtdunklen Nachthimmel ab. Ein lauer Wind kräuselte die Wasseroberfläche und brachte die Reflektion der Oper zum Zittern.

Die junge Frau neben mir hatte ihre Tasche zwischen uns gestellt. Ob sie dadurch einen Sicherheitsabstand schaffen wollte? Dabei war sie es doch gewesen, die mich aufgefordert hatte, ihr zu folgen. Tatsächlich beachtete sie mich überhaupt nicht, sondern wühlte in besagter Tasche, als ob sie nach irgendetwas suchen würde.

Ich nahm einen weiteren Biss von meinem Burger.

»Wie heißt du eigentlich?«, fragte sie. Dabei schob sie eine Strähne hinter ihr Ohr und blickte mich kurz von unten an.

Wieder fiel mir auf, wie blass ihre Augen waren. Hastig schluckte ich. Dabei verschluckte ich mich am noch nicht durchgekauten Bissen und Tränen stiegen mir in die Augen.

»Lewis«, brachte ich mit gepresster Stimme hervor. Um den Kloß in meiner Speiseröhre hinunterzuspülen, nahm ich schnell einen Schluck von meiner Cola.

Die Stimme fester, fragte ich: »Und du?«

»Grace.« Sie strahlte mich an. Dabei fiel mir auf, dass sie eine Zahnlücke zwischen den Vorderzähnen hatte, die mir erstaunlich groß vorkamen. Ungewöhnlich, aber charmant, fuhr es mir durch den Kopf.

»Grace!«, wiederholte ich nachdenklich. Ein seltsamer Name. Aber nicht unpassend, entschied ich, ihre ungewöhnliche Erscheinung musternd. Grace beachtete mich nicht weiter, sondern fuhr fort, in ihrer Tasche herumzuwühlen.

Wie konnte es nur so lange dauern, das Gesuchte zu finden? So groß war sie doch gar nicht. Vielleicht handelte es sich um so eine Zaubertasche, wie Hermione sie bei Harry Potter mit sich herumtrug.

Kurz sah sie von ihrer Tätigkeit auf. Sie hob bedeutsam eine Augenbraue und grinste. Erneut hatte ich das Gefühl, sie habe meine Gedanken gelesen. Langsam wurde mir das Mädchen unheimlich.

Rasch stopfte ich den letzten Rest meines Burgers in den Mund. Verlegen kauend ließ ich den Blick wieder durch den Park schweifen. Eine Gruppe Jugendlicher hatte es sich auf der benachbarten Bank bequem gemacht. Sie trugen Jogginganzüge und Sportschuhe. Ein paar hatten Basecaps auf.

»Ach, hier ist es«, rief Grace triumphierend aus. Ich zuckte zusammen und drehte mich zu ihr. Sie zog ein in Alufolie gewickeltes Bündel hervor und streckte den Arm in Siegerpose in die Luft. Ihr Ausruf war so laut gewesen, dass sich ein vorbeischreitendes Paar neugierig nach uns umsah.

Wie Grace so selbstzufrieden dasaß, konnte ich ein Schmunzeln nicht unterdrücken, doch gleichzeitig fühlte ich ein schmerzhaftes Ziehen in meinem Inneren. Auch mit Alice war es mir immer wieder so gegangen, dass ihre lebhafte Art die Blicke anderer auf sich gelenkt hatte.

»Was ist das?« Meine Stimme klang brüchig.

»Dein Nachtisch«, sagte sie lachend. Sie schob ihre Tasche beiseite und legte das Päckchen zwischen uns auf die Bank.

Sorgsam öffnete Grace die Alufolie und ein zerdrücktes Stück Sandkuchen kam zum Vorschein. Wieder strahlte sie mich an.

»Sehr appetitlich sieht das aber nicht aus«, kommentierte ich mit zweifelndem Blick auf die Krümel. Ich versuchte ebenso bedeutungsvoll eine Augenbraue zu heben, wie ich es bei ihr gesehen hatte.

»Sagt der Mann, der eben ein kaltes Fastfood-Menü verdrückt hat.« Vorwurfsvoll warf sie die Lippen auf und steckte sich die fast farblose Strähne ihres langen Haares hinters Ohr, die ihr wieder ins Gesicht gerutscht war. Wie lang ihre Ohrenspitzen waren. Irgendetwas an ihr war anders, geheimnisvoll.

»Du denkst wohl, ich will dich vergiften? Mhhhh?« Ihr Gesicht hatte einen lauernden Ausdruck angenommen.

Ich lehnte mich zurück und schlug ein Bein übers Knie, streckte die Arme über die Lehne der Bank. Ich hoffte, die Geste wirkte lässig. »Vergiften nicht«, versuchte ich meine Unsicherheit zu überspielen. »Ist ein Space Cake, oder?«

Mein Blick wanderte zu der Gruppe junger Männer auf der Nachbarbank. Einige saßen auf der Rückenlehne der Bank, die anderen standen im Halbkreis darum herum und wippten entspannt zu der Musik, die nun aus den Lautsprechern drang. Dumpfer Beat, monotoner Rapgesang, dazu ließen sie einen Joint kreisen.

Grace nahm den Kuchen in die Hand und streckte ihn mir entgegen. Dabei lehnte sie sich nach vorne und ihr Gesicht näherte sich dem Meinen. Sie kam mir so nahe, dass ich im Halbdunkel der Straßenlaterne ihre Sommersprossen sehen konnte.

»One bite makes you larger, one bite makes you small …«, wisperte sie. Ihre Augen funkelten und sie fuhr sich provokant mit der Zunge über die Lippen.

Wo war ich hier nur hineingeraten? Meine Muskeln verkrampften sich und ich schluckte hart. Was um alles in der Welt hatte mich dazu verleitet, gestrandet in einer Stadt voll bitterer Erinnerungen, mit einer Fremden mitzugehen? Wahrscheinlich war es genauso gewesen wie mit Alice. Ich hatte einfach nachgegeben. Es fiel mir schwer, jemandem etwas entgegenzusetzen, etwas abzulehnen oder mich abzugrenzen.

Ein Verhalten, das ich in Zukunft ändern musste, machte ich eine gedankliche Notiz. Am besten fing ich sofort damit an. Es war Zeit zu gehen. Seufzend richtete ich mich auf und rieb die schwitzenden Handflächen an meiner Jeans ab. Ich räusperte mich. Doch bevor ich etwas sagen konnte, lachte Grace auf. Ihr Lachen klang warmherzig und ihr Gesicht war sanft.

»Keine Angst, Lewis. Das ist nur das letzte Stück meines Geburtstagskuchens, den ich mit dir teilen wollte.« Sie brach ein kleines Stück ab und schob es sich in den Mund.

Die bedrohliche Atmosphäre, die ich eben wahrgenommen hatte, zerplatzte und ich sah Grace wieder vor mir, wie sie war. Eine junge Frau im hellen Sommerkleid, offen und freundlich.

Ich fühlte, wie mir Hitze in die Wangen stieg. »Mhh, das ist nett«, sagte ich verlegen. Versuchte, meine Unsicherheit zu überspielen. »Wie alt bist du denn geworden?«

»Hundertzweiundfünfzig!«, sagte sie kauend und brach noch ein Stückchen vom Kuchen ab. Dabei lächelte sie breit.

»Einhundertzweiundfünfzig Jahre also«, wiederholte ich, nun auch breit grinsend. »Das ist tatsächlich ein Grund zu feiern.«

Noch immer wusste ich nicht, was ich von dem seltsamen Mädchen halten sollte, aber ihr schräger Humor gefiel mir. Allerdings fragte ich mich, warum sie sich zum Feiern ausgerechnet mich ausgesucht hatte.

»Ernsthaft?«, erkundigte sie sich. »Es geht natürlich darum, zu testen, ob du der Richtige bist für den Job.«

Grace strich die Hände gegeneinander, um so die feinen Krümel abzuklopfen. Dann nahm sie die Kette, die um ihren Hals hing und zog eine Kugel aus ihrem Ausschnitt. Das Schmuckstück sah antik aus, war reich verziert. Aber irgendwie passte es zu ihr.

Was sich wohl darin verbarg? Mit den Fingern fuhr sie über die Oberfläche und mit einem leisen ›Klick‹ öffnete sich die Kugel. Da erkannte ich, dass es sich um eine Taschenuhr handelte. Genau in diesem Augenblick schlug eine nahe Kirchturmuhr die Stunde. Mitternacht!

»Oh je, Oh je, ich komme noch zu spät«, murmelte Grace und runzelte die Stirn.

Also war nun doch Zeit, sich zu verabschieden. Sie musste weiter. Erleichtert lehnte ich mich zurück. Ich atmete aus und fuhr mir durch die Haare. Jetzt würde ich also doch aus dieser unangenehmen Situation herauskommen. Endlich entspannt, beobachtete ich Grace.

Sie stand auf und klopfte sich das Kleid ab. Komisch, jetzt wo es so weit war, Lebewohl zu sagen, fühlte ich einen Stich, wünschte, die Situation doch noch ein wenig herauszögern zu können. Hatte ich nun also doch Interesse an ihrer Gesellschaft gefunden?

Ohne Worte schwang Grace sich die Tasche über die Schulter. Sie trat vor mich und ich erwartete schon, dass sie sich nun verabschieden würde. Aber Grace kam näher und beugte sich zu mir. Dann nahm sie den letzten Bissen des Kuchens und hielt ihn mir vor die Lippen.

»Eat me!«, flüsterte sie und ich fühlte, wie ihr Atem über meine Wange hauchte. Meine Nackenhärchen stellten sich auf, und ohne nachzudenken, öffnete ich den Mund. Sie schob mir das Gebäckstück hinein, einen Moment verweilte ihr Finger auf meinen Lippen.

Ich schloss die Augen. Dunkelheit umgab mich und meine Geschmacksknospen explodierten: süß, ein Hauch von Vanille, das zarte Aroma von Zitrone, dann ein bitterer Nachgeschmack. Für einen Augenblick umgab mich tiefe Schwärze und ich hatte das Gefühl zu fallen.

Als ihre warmen Hände meine klammen Finger umschlossen, hob ich die Lider. Da stand Grace. Sie musterte mich mit ihrem unheimlichen Blick, ihre Mundwinkel zuckten. »Komm, Süßer, es ist Zeit. Nun gehen wir zum Vollmondtanz.«

Hinter uns hatten wir Bahnhof und Stadtpark zurückgelassen und vor uns erhob sich eine Anhöhe, die von zwei großen Autotunneln durchschnitten wurde. Ich fragte mich, wohin die Straße führte und vor allem, wohin Grace wollte. Sie hielt meine Hand fest umschlossen, zog mich über die Kreuzung. Noch immer benommen folgte ich, ohne Widerstand zu leisten.

Trotz der späten Stunde herrschte reger Verkehr und, um einem nahenden Auto auszuweichen, rannten wir die letzten Schritte, gelangten so auf den Gehsteig auf der Seite der Tunnel. Mein Atem ging schnell und ich fühlte mein Blut in den Ohren rauschen. Ob dies am Rennen lag oder an der Anwesenheit der jungen Frau, vermochte ich nicht zu sagen.

Nun hielten wir uns links und bogen in einen schmalen gewundenen Pfad ein, der von Bäumen gesäumt wurde. Die Straßenlaternen standen weit auseinander und die Abschnitte dazwischen lagen in tiefem Schatten. Musik wehte herüber, der treibende Rhythmus eines wummernden Basses, darüber legte sich eine hypnotische Melodie. Ich fühlte mich magisch angezogen, als habe die Musik etwas in mir zum Erklingen gebracht und locke mich nun zu sich.

Der Weg machte noch eine Biegung und öffnete sich dann in einen kleinen Platz direkt vor dem Hügel. Ein steinerner gemauerter Bogen umrahmte eine zweiflügelige Eingangstür, zu der metallene Treppen emporführten. Über dem Portal prangte ein Schriftzug, violett leuchteten die Buchstaben: Die Röhre.

Während wir weitergingen, schweifte mein Blick über den Vorplatz, der von seltsam gekleideten Menschen bevölkert war. Manche saßen auf den Treppenstufen und unterhielten sich, andere standen zusammen und rauchten oder strebten, wie wir, dem Eingang zu. Wie sehr unterschieden sich diese Leute doch vom Partyvolk, das durch die Fußgängerzone gehastet war, von den jungen Männern in Trainingsanzügen im Park oder von den distinguiert wirkenden Opernbesuchern. Sie schienen aus einer anderen Zeit, vielleicht sogar von einem anderen Ort zu stammen.

Sie trugen Spitzenkrägen, flatternde Ärmel, Gehröcke und Zylinder. Die Haare lang und die Augen auffällig geschminkt. Die dunkeln Kleider und blassen Gesichter erweckten in mir den Eindruck, ich bewege mich in einem Schwarz-Weiß-Film und nur Grace mit ihrem blassen Leuchten geisterte wie eine Motte durch diese wundersamen Gestalten aus der Vergangenheit und aus fernen Welten.

Der pulsierende Rhythmus der Musik umschloss uns, kroch unter meine Haut und prickelte. Am Fuße der Treppe blieb ich stehen, sog alles in mir auf und auf einmal war mir, als trete ich aus meinem Körper. Stimmen und Musik wurden leiser, mein Leib war taub und ich fühlte mich weit davongetragen.

Grace drückte meine Hand und neigte sich zu mir. Ihr Atem auf meiner Wange brachte mich ins Hier und Jetzt zurück. Erneut spürte ich ihre Präsenz, die Geräusche drangen wieder lauter auf mich ein.

»Bleib bei mir, Lewis.« Sie zwinkerte mir zu. »Wir sind da.«

»Wo sind wir hier?« Meine Stimme klang heiser. »Und wer sind diese Leute?«

»Es gibt Orte, die einen Zauber besitzen.« Grace lächelte geheimnisvoll. »So wie dieser. Hier haben Menschen etwas Besonderes erlebt, hier haben sich Emotionen eingeschrieben und Erinnerungen.«

Was erzählte sie da! Das klang doch reichlich esoterisch. Als habe sich hier Energie manifestiert.

Sie nickte ernst. Sie hatte meine Gedanken erneut erraten.

»Du machst es mir aber auch einfach.« Grace zwinkerte wieder.

Seufzend fuhr ich mir mit der Hand über die Stirn. Warum hatte dieses Mädchen mich nur hierhergeführt? Nun wollte ich doch etwas mehr wissen.

»Gibt es viele dieser Orte?«, fragte ich.

Sie zuckte mit den Schultern. »Na, das nächste Mal entführe ich dich vielleicht ins alte Lusthaus im Schlosspark.«

Ich spürte den Druck ihrer warmen schlanken Finger. »Aber nun wollen wir nicht reden. Es ist Zeit zu tanzen.«

Und mit diesen Worten zog sie mich durch die Menge und ins Innere. Es ging durch einen gekachelten Vorraum, erneut stiegen wir Stufen empor, dann betraten wir den schlauchförmigen Club. Als wir die Türen öffneten, verdoppelte sich die Lautstärke der Musik. Feuchtigkeit und Hitze schlugen uns entgegen. All das umschloss unsere Körper wie ein Kokon. Ich fühlte den Bass vibrieren, wie sich mein Unterleib schmerzhaft zusammenzog. Die ganze Haut begann zu prickeln.

Ohne ein weiteres Wort zu wechseln, gingen wir über das Schachbrettmuster der schwarz-weißen Fliesen auf die Tanzfläche zu. Die Bar auf der Linken, die Sitzgelegenheit auf der Rechten zurücklassend. Über uns bog sich die schwarz gewölbte Decke.

Wir begannen zu tanzen. Im Stroboskoplicht wirkten die Bewegungen der Tänzer abgehackt. Jeder Schlag meines beschleunigt hämmernden Herzens zeigte für einen Moment die Bewegungen der Feiernden in einer anderen Pose eingefroren. Mir war, als stockte der Film, ruckelte, wie auch mein Atem und mein Puls.

Mein Ich verband sich nun mit den anderen Menschen auf der Tanzfläche zu einer großen Masse. Nur Grace leuchtete zwischen den anderen. Ihre Bewegungen waren fließend, passten sich meinem Körper und der Musik an. Ich ließ mich fallen und schloss die Augen. Ich fühlte den Beat, die Melodie, die mir unter die Haut kroch, spürte, wie Grace mich berührte und dabei vergaß ich alles um mich herum.

Als ich aus dem Club hinaustrat, wehte mir kühle Nachtluft entgegen. Nass klebte mein T-Shirt am Körper und kurz schüttelte es mich. Doch war ich so erhitzt, dass ich die Kälte als angenehm empfand und tief einatmete. Ich weiß nicht, wie lange wir getanzt hatten. Doch es mussten mehrere Stunden vergangen sein. Der Verkehr hatte nachgelassen, es waren nur noch wenige Leute da. Ein grauer Schimmer lag über der Stadt, der bereits vom nahenden Morgen kündete.

Ich fühlte mich angenehm leer und schwerelos. Grace schob ihre Hand unter meinem Arm hindurch. War sie noch immer eine Fremde? Sie war mir in den letzten Stunden seltsam nah gekommen. Ich blickte sie an. Hell leuchtete ihr Gesicht.

»Lewis, es wird Zeit zu spielen«, flüsterte sie.

Ich blieb stehen. Irritiert kratzte ich mich am Kopf.

»Was für ein Spiel soll das sein?« Die ganze Nacht war mir wie ein Spiel vorgekommen.

Sie drehte sich zu mir, legte beide Hände auf meine Schultern und blickte zu mir auf. Ihre großen Augen waren wie Spiegel.

»Wir wollen herausfinden, ob du der Richtige für den Job bist.« Sie zwinkerte mir zu. »Schon vergessen, Süßer?«

Sie wies mir den Tisch zu, der rechts neben dem Eingang stand. Es saßen bereits zwei Männer dort. Der eine klein, mit einem hohen Zylinder, hatte eine Maus auf einer Hand sitzen, die er gedankenverloren streichelte. Er musterte mich aufmerksam und winkte uns schließlich herüber.

Der andere hatte genau denselben blassen Haut- und Haarton wie Grace, seine Ohren stachen lang aus den Haaren hervor und seine Vorderzähne waren prominent. Wie er mit der Nase schnüffelte, fühlte ich mich an einen Hasen erinnert. Er hatte ein Kartenspiel in der Hand und mischte es.

»Los, setz dich!« Grace schob mich nach vorn. »Der mit dem Hut ist Hatta und der andere Haigha.«

Ich nickte den beiden zu und nahm wortlos auf einem der Stühle Platz. Grace stellte sich hinter mich an den Tisch. Die seltsamen Gesellen zollten meiner Anwesenheit keine weitere Beachtung und schon glaubte ich, sie hätten mich und das Spiel vergessen.

Doch da begann Haigha, die Karten zu verteilen. Dabei hielt er sich nicht an die sonst vorgegebene Reihenfolge, sondern häufte wahllos Karten vor mir und Hatta auf.

»Worum spielen wir heute?«, wandte er sich schließlich an Grace.

»Es ist Vollmond!«, sagte sie, als erkläre das alles.

»Na, sonst wären wir ja nicht hier!« Hattas Stimme war ein tiefes Brummen. Er nahm sein Blatt auf. »Aber was hat die Königin gesagt? Spielen wir nur um seine Seele oder um sein Leben?«

»So genau hat Olga mich gar nicht instruiert. Mir lediglich seine Personenbeschreibung gegeben.« Grace lehnte sich nach vorne und musterte mich. »Aber ich glaube, es geht um sein Leben.«

Ich schluckte hart. Auch wenn mir nicht nur Grace, sondern auch die anderen Gäste dieser Party reichlich verrückt vorkamen, wurde mir nun doch langsam mulmig.

»Und ich habe da kein Wörtchen mitzureden?«, warf ich ein.

»Nein!«, lautete die einstimmige Antwort.

Oh Mann, das konnte nicht wahr sein. Der Nachtwind hatte meinen Schweiß getrocknet, klamm klebte das T-Shirt an meinem Körper, trotzdem wurde mir auf einmal ganz heiß. Es war Zeit, dass ich mein Gepäck schnappte und mich in Richtung Bahnhof verdrückte. Wenn ich doch nur wüsste, wo ich die Sachen abgelegt hatte.

»Erst wird gespielt.« Grace strich mir mit einem Finger über das Genick und unterbrach damit jedes Grübeln. Brennendheiß floss es mir die Wirbelsäule hinunter und die Nackenhärchen stellten sich auf.

»Viel Glück.« Sie hauchte mir einen Kuss auf die Schläfe, drehte sich um und ging wogenden Schrittes davon.

Bevor ich aufspringen oder protestieren konnte, warf Hatta die erste Karte auf den Tisch. »Herz! Das fängt ja gut an.«

»Los, was hast du zu bieten?« Haigha lehnte sich nach vorne. Seine Nasenspitze zitterte erwartungsvoll.

Ich wusste weder nach welchen Regeln gespielt wurde noch ob es überhaupt irgendwelche Regeln gab. Und so nahm ich einfach die oberste Karte vom Stapel und legte sie auf Haighas.

»Pik Sechs!«, wurde einstimmig kommentiert. »Eine schwache Karte«, fügte Hatta erklärend hinzu und schob sich den Hut aus der Stirn.

Und so ging es weiter. Abwechselnd legten ich und Haigha Karten auf den Stapel, manchmal durfte ich weitere hinzulegen. Immer wurden die Karten nickend begutachtet und kommentiert. Selbst die kleine Feldmaus krabbelte aufgeregt über den Tisch und rieb ihr Näschen an den Karten. Was das alles zu bedeuten hatte, konnte ich beim besten Willen nicht sagen. Noch immer war ich der Überzeugung, in Gesellschaft eines Haufen Verrückter gelandet zu sein. Es blieb nur zu hoffen, dass sie sich als harmlos herausstellten.

Wie erleichtert war ich, als das Kartenspiel sich dem Ende zuneigte. Endlich legte ich meine letzte Karte.

»Da ist sie!« Aufgeregt sprang Haigha von seinem Stuhl auf, der krachend zu Boden fiel.

»Er hat sie.« Hatta schlug die Hände zusammen.

»Die Herzkönigin!«, hörte ich da eine inzwischen vertraute helle Stimme neben mir. Grace war herangetreten. Geschickt balancierte sie eine Teekanne und Tassen auf einem Tablett, stellte dieses auf den Tisch.

»Komm, trink erstmal einen warmen Schluck.« Während sie mir eine Tasse eingoss, zog ein blumiger, zarter Duft zu mir herüber. Es roch nach Frühling und Verheißung. Ein Lächeln umspielte Grace' Gesicht und sie hob die Augenbraue. »Wie schön, dass du bei uns bleibst, ich habe schon angefangen, dich zu mögen.«

»Bei uns!« Was sollte das denn wieder heißen? So angenehm ich Grace' Gesellschaft empfand, konnte ich doch auf die beiden seltsamen Gestalten verzichten. Ich warf Hatta und Haigha einen Blick zu. Sie waren nun ganz mit sich beschäftigt, schoben die Gedecke und Tassen hin und her.

»Du wirst dich schon an die beiden gewöhnen.« Grace brach in Gelächter aus. Als sie sich beruhigt hatte, fuhr sie ernsthaft fort: »Und natürlich wirst du bei uns bleiben. Du hast den Job, stehst ja nun in ihrem Dienst.«

Wieder fühlte ich diese seltsame Unruhe von mir Besitz ergreifen. Um meine Unsicherheit zu überspielen, legte ich meine kalten Hände um die Tasse. Warm und glatt fühlte sich das Porzellan an. Ich hob sie an den Mund. In welchen Dienst sollte ich nun treten? Das konnte doch alles nicht ernst gemeint sein.

»Na, in den Dienst der Herzkönigin.« Grace neigte sich zu mir. Sie blies den aufsteigenden Dampf in mein Gesicht. Der Duft nach Blüten und Frühlingswind umwehte mich. »Los, trink.«

Vorsichtig nahm ich einen Schluck. Ich schmeckte Sonnenstrahlen und Wärme. Genussvoll schloss ich die Augen. Schwärze umfing mich und erneut hatte ich das Gefühl zu fallen.

Mein Gott, wie kalt es doch ist. Zitternd zog ich beide Beine an den Körper und schlang meine Arme um mich. Doch worauf lag ich hier? Meine Hand tastete. Das war Gras und es war feucht. Blinzelnd versuchte ich, meine Augen zu öffnen. Sie waren verklebt, das Licht zu hell. Rasch versuchte ich, in eine sitzende Position zu kommen. Die Steifigkeit meiner Glieder und die Schmerzen im Nacken machten diese einfachen Bewegungen zu einem mühsamen Unterfangen. Langsam richtete ich mich auf, rieb mir die Augen und blinzelte ein paar Mal. Dann sah ich mich um.

Ich saß auf einem schmalen Grünstreifen unter dichten Kastanienbäumen. Das Licht war noch grau und dünn, es musste früher Morgen sein. In der Ferne sah ich einen vereinzelten Spaziergänger im dunklen Anzug und mit Hut die Straße entlanghasten. Auf der Straße vor mir verliefen Schienen und auf der gegenüberliegenden Seite konnte ich altertümliche Straßenlaternen erkennen, dahinter erhob sich der Königsbau. Ich hatte die Anlage anders in Erinnerung, dass hier Straßenbahnen fuhren, musste mit den Umbauten im Zuge von Stuttgart 21 eingeführt worden sein. Seltsam! Aber immerhin wusste ich nun, wo ich mich befand. Das war doch schon einmal etwas.

Langsam erhob ich mich. Ein dumpfer Schmerz pochte in meinen Schläfen und für einen Moment wurde mir schwindelig. Ich atmete tief ein, dann blickte ich an mir herunter. Grasflecke zierten meine zerbeulte Jeans, mein T-Shirt war nass und zerknittert.

Wahrscheinlich sollte ich mich auf der Toilette eines Cafés umziehen. Wenn überhaupt schon eines offen hatte. Erstmal meine Sachen einsammeln. Doch wo war meine Tasche? Ratlos blickte ich auf den zerdrückten Grasfleck, auf dem ich eben noch gelegen hatte.

Stöhnend kratzte ich mich am Kopf. Dass das ausgerechnet mir passieren musste. Nun ja, Kleider und Zahnbürste konnte man ersetzen. Ich klopfte meine Hosentaschen ab. Panik stieg in mir hoch. Was war mit meinen Wertsachen? Wo waren mein Handy und mein Portemonnaie? Hatte ich sie in der Tasche verwahrt oder in meine Jacke gesteckt, irgendwo in meine Hosentaschen?

Automatisch strich ich mit den Händen meine Hose entlang, steckte sie dann in die Gesäßtaschen. Erst links. Auch hier nichts. Dann rechts. Wieder nichts! Was war das? Ein zusammengefaltetes Stück Papier oder Pappe steckte darin. Ich zog es hervor. Es war ein Programmheft. ›Die Röhre‹ stand groß darauf, derselbe Schriftzug, der über der Eingangstür geprangt hatte. Darunter ›Konzerte und Veranstaltungen‹.

Mein Kopf schwirrte. Bilder vom gestrigen Abend stiegen in mir hoch. Grace, wie sie sich beim Tanzen an mich gedrückt hatte, ihr strahlendes Lächeln, ihre Berührungen. Das Kartenspiel mit den zwei seltsamen Gesellen. Die Erinnerungen ließen mich schwindeln.

Warum hatte ich den Flyer eingesteckt?

Ratlos zuckte ich die Schultern.

Es half nichts. Ich musste dorthin zurück. Vielleicht wurde der Club gereinigt und es war noch jemand da. Irgendwo dort musste ich Tasche und Jacke liegen gelassen haben. Würde ich den Weg dorthin finden? Naja, immerhin hatte ich einen Hinweis, wohin ich musste. Vielleicht stand ja eine Adresse auf dem Flyer.

Langsam entfaltete ich das Stück Papier. Doch was war das? Eine Spielkarte rutschte heraus, flatterte auf den Boden und blieb mit der bedruckten Seite nach oben im Gras liegen. Es war die Herzkönigin.

Mein Herzschlag beschleunigte sich, als ich auf die Karte blickte. Was hatte Grace gesagt? Ich hätte um mein Leben gespielt, stünde nun in ihren Diensten. Ich fühlte, wie eine Bangigkeit in mir aufstieg. Ich wischte den Gedanken beiseite. Das war doch alles Schwachsinn. Ich würde nun zum Club gehen, nach meinen Sachen suchen und dann so schnell wie möglich aus der Stadt verschwinden. Und wenn es nach mir ginge, auch so schnell nicht mehr hierher zurückkehren.

Wie kam ich also am besten zur Röhre? Ich musterte den Flyer genauer: ›Stuttgart Schwarz‹, ›Submission‹ hießen die Veranstaltungstitel. ›Vollmondtanz‹ hatte das Programm gestern Nacht gelautet, zumindest hatte Grace das gesagt. Ob dieser Name auch gelistet war? Meine Augen wanderten zum Anfang der Liste, ich musste einfach nur die Daten prüfen … Hier, Freitag, der 17.07. Doch irgendetwas stimmte mit der Jahreszahl nicht: 2009 stand dort. So ein Schwachsinn. Aber das war fünfzehn Jahre her. Mein Körper fühlte sich auf einmal taub an. Ich spürte ein dumpfes Pulsieren hinter der Stirn. Auch wenn der gestrige Abend mehr als seltsam gewesen war, konnte ich unmöglich in der Zeit zurückgereist sein.

Immerhin war eine Adresse angegeben: Willy-Brandt-Straße 2/1. Langsam setzte ich mich in Bewegung. Einen Fuß vor den anderen setzend, den Blick starr auf den Gehsteig gerichtet. Geistesabwesend nahm ich einen langen Schatten wahr, der hinter mir auftauchte, dann den Duft nach Blüten und Frühling, eine Hand an meiner Schulter. Leicht wie die Berührung eines Luftzugs oder eines Schmetterlings.

»Hey Süßer, wo willst du denn hin?« Meine Knie wurden weich, als ich Grace' helle Stimme hörte.

Ich drehte mich zu ihr. Sie war makellos gekleidet. Die blonden Haare hochgesteckt und ein kleines Hütchen darauf befestigt. Sie trug ein weißes Sommerkleid mit Spitze und ausladendem Rock. Ihre Hände steckten in weißen Handschuhen und sie drehte den Griff eines zierlichen Sonnenschirms in den Händen.

Ihr Gesicht leuchtete. Lächelnd stand sie vor mir, die Zähne ein bisschen zu groß, die Zahnlücke keck zwischen ihren geröteten Lippen hervorblitzend.

»Ich habe mein Gepäck verloren.« Mit einer hilflosen Geste wies ich in die Richtung, in der ich die Röhre vermutete. Irgendwo hinter dem Bahnhofsgebäude.

Doch was war das! Mein Blick saugte sich an der geraden Flucht der Königstraße fest, die zum Bahnhof hinunterführte. Wo sich gestern Abend noch die Fußgängerzone befunden hatte, führte nun eine breite Straße geradeaus, von Gehsteigen gesäumt und Straßenbahnschienen durchzogen. Die modernen Hochhäuser hatten einer Kirche sowie einem großen Portikus mit Kuppel Platz gemacht. Das erschreckendste aber war: Am Ende der Straße erhob sich ein triumphbogenartiges Tor mit einem Dreiecksgiebel.

Die Stelle dahinter, wo sich der Bahnhofsturm erheben sollte, war leer.

Eine eiskalte Welle durchfloss meinen Körper. War ich verrückt geworden? Oder hatte ich gestern gegen meinen Willen doch irgendwelche Drogen zu mir genommen, die noch jetzt meine Sinne trübten? Wie sollte ich so zum Bahnhof zurückfinden? Zur Röhre und meinem verlorenen Gepäck?

»Du bist weder verrückt noch drogenumnebelt, mein Lieber.« Grace' Stimme klang sanft. Sie hakte sich bei mir ein, ich spürte ihre Wärme und roch ihren Frühlingsduft.

»Natürlich musst du dich noch umziehen, bevor wir weiterfahren. Ich denke, im Marquardt finden wir ein unbesetztes Zimmer.« Sie plauderte munter darauf los und zog mich in Richtung der nächsten Kreuzung. »Zum alten Bahnhof geht es nach links. Die Herzkönigin hat alles arrangiert.« Mit diesen Worten schob sie mich in Richtung des ehemaligen Palastkinos.

Die Herzkönigin! Ich blieb stehen. Als könne ich so Halt finden, umklammerte ich Grace' Arm. War dieser Albtraum denn immer noch nicht vorüber?

»Ach komm, Süßer. So schlimm ist es doch nicht.«

Ich schaute sie an und sie zwinkerte mir zu, lächelte ihr keckes Zahnlückenlächeln. »Wir beide hatten doch unseren Spaß gestern Abend, oder nicht?«

Ich schluckte. Es stimmte, ich hatte ihre Gesellschaft genossen, beim Tanzen im Club die Zeit vergessen. Tatsächlich genoss ich ihre Gesellschaft, ihre Nähe schickte ein Kribbeln durch meinen ganzen Körper.

»Na also, Lewis.« Ihre Stimme klang sanft. »Ich bleibe erstmal bei dir.«

Wie hatte ich vergessen können, dass sie meine Gedanken las. Ich fühlte, wie Röte mir in die Wangen stieg und ich schlug die Augen nieder, als ihre behandschuhte Hand über meine Wange strich.

Trotz des Flatterns in meinem Magen war ich gleichsam beruhigt. Grace würde mich also begleiten. Sie wusste bestimmt, was zu tun wäre und wo ich mein Gepäck wiederfinden konnte. Aber was war mit der Herzkönigin und meinem Dienst bei ihr? Mein Blick wanderte zurück zum Rasenstück, wo noch immer die Spielkarte lag.

»Wie konntest du nur!«, hörte ich Grace aufgeregt rufen. In ein paar Schritten war sie am Rand der Anlage. Sie bückte sich und hob die Karte auf. Demonstrativ streckte sie sie mir entgegen, als sie zu mir zurücklief. Nachdrücklich presste sie mir die Karte in die Hand.

»Die brauchst du.« Ihr Tonfall war tadelnd. »Wie solltest du sonst wissen, wo du als nächstes gebraucht wirst?« Mit strengem Blick hob sie die Augenbraue, aber um ihre Mundwinkel zuckte ein Lächeln.

Das Format hatte sich verändert, fühlte sich anders an. Um sie besser betrachten zu können, hob ich die Karte hoch. Meine Hände begannen zu zittern. Es war keine Spielkarte mehr. Ich hielt eine Fahrkarte. ›Billett‹, stand darauf gedruckt in altertümlichen Lettern. Handschriftlich eingetragen waren die Destination: Stuttgart – Heilbronn und das Datum. 18.06.1871.

»Was ist das?« Meine Stimme brach. Was war mit meinem Praktikum in München? Warum sollte ich nach Heilbronn fahren? Und was sollte diese alte Fahrkarte, das Datum? War das vielleicht ein Witz? Sollte dort wieder eine Party stattfinden?

»Ach, Lewis. Der Vollmondtanz findet natürlich erst wieder zum nächsten Vollmond statt. Wo, weiß ich noch nicht.« Sie sagte dies, als sei es die selbstverständlichste Sache der Welt.

»Jetzt gibt es erstmal Arbeit zu tun. Die Herzkönigin braucht uns für den Aufbau einer Krankenpflegeschule in Heilbronn.« Sie hakte sich bei mir unter und wollte mich weiterziehen.

Doch ich blieb stehen. Noch immer starrte ich auf die Fahrkarte. »Aber das Datum! Wie kann das sein?«

»Hast du es denn immer noch nicht verstanden, Dummerchen.« Grace drehte sich wieder zu mir. Sie legte beide Hände an meine Wangen. Ich fühlte, wie sich der Griff des Sonnenschirms in meine rechte Backe drückte, ein Hauch von Frühling mich umwehte. »Du stehst jetzt in den Diensten der Königin. Du bist ein Zeitreisender.«

Augenblick mit dir

Anna Leyk

Augenblick mit dir

S ie lief. Straße um Straße. Gleichmäßig weiter, ohne Ziel, ohne Plan. Gehen, gehen, den Blick stur auf die Füße gerichtet, ein Schritt nach dem anderen, einer und noch einer und noch einer, bis ans Ende der Welt oder zumindest bis zum Ende des Tages. In welchem Stadtteil sie war, das wusste sie, doch die einzelnen Straßenverläufe waren ihr unbekannt. Hatte sie an dem Haus nicht Susa mal von einem Kindergeburtstag abgeholt? Meine Güte, wie viele Jahre das her war! Oder war es doch woanders gewesen? Egal, hier eine Ecke, dort eine Staffel, kreuz und quer, jeder Umweg war willkommen. Nur nicht stehenbleiben. Weitergehen, bis zum Anbruch der Dämmerung. Fünf Stunden war sie schon unterwegs, doch das reichte nicht. Denn noch war es heller, sonniger Tag in einem freundlichen Mai. Das war weit schlimmer als jede trübe Novemberzeit.

Sie hob den Kopf. Zwischen zwei Häusern offenbarte sich einer der vielen Ausblicke über die Stadt. Sie blieb stehen, das Panorama war wunderschön. »Kessellage, Hanglage, Aussicht, das macht Stuttgart so wunderbar, das kannte ich in meiner Kindheit nicht«, murmelte sie und ging weiter. »So schön! Wie oft haben wir über die Stadt geschaut. Beim Spaziergang von der Uhlandshöhe aus. Oder wir erhaschten einen Blick aus dem fahrenden Bus, wenn wir die Friedensstraße entlangfuhren. Manchmal liefen wir zum Neckarblick hoch, wo ich dir eine Fanta spendierte, und dann saßen wir verschwitzt und glücklich auf den Plastikstühlen und schauten in die Ferne.« Sie lächelte bei dieser Erinnerung. »Die Aussicht hat nie ihren Zauber verloren. Das hat mich versöhnt, mit dir hier in Stuttgart festzusitzen.« Ein Bild blitzte auf, wie sie mit ihr abends auf einer Mauer saß, ihre kleine Hand hielt und über die Stadt schaute. Das banale Alltagsglück, wie es besser nicht hätte sein können. Die Tränen liefen, sie wischte sie nicht weg. »So viele Tränen. Wo kommt die ganze Flüssigkeit her?«, wunderte sie sich, bevor sich die Flut in ihrem Kopf fortsetzte. »Was sind wir durch die Stadt gelaufen, du und ich. Ein Auto hatte ich ja nicht. Und viel Geld für große Ausflüge auch nicht. Als ob uns das gestört hätte, für dich gab es auch so genug zu entdecken. Du warst so leicht zu begeistern! Nach dem Kindergarten sind wir oft zur Poststraße gelaufen, damit du Esel und Ziegen sehen konntest. Das mochtest du, die hast du gestreichelt, ihnen stundenlang beim Grasen zugeguckt. Aber spielen wolltest du auf dem Aktivspielplatz nie, auch später nicht. Komisch eigentlich, aber auf dem AKI fühltest du dich nicht wohl.« Sie sinnierte weiter. »Ziegen gab es auch in der Wilhelma. Da war ein ganzer Streichelzoo, und einen Bauernhof hatten die ebenfalls. Ich glaube, den haben die abgeschafft, schade. Aber da waren wir sowieso nur selten, viel zu teuer. Kühe konntest du kostenlos bei den Besuchen bei meinen Eltern sehen. Und ein paar exotische Tiere der Wilhelma waren von außen vom Rosensteinpark aus sichtbar, da sind wir öfter entlangspaziert. Das war ja nicht so weit. Das Eisbärgehege hat früher am Rand gelegen, der Eisbär tat dir im Sommer immer leid, viel zu warm. Aber diese zotteligen französischen Esel fandest du toll, selbst, als du schon fast erwachsen warst, wolltest du sie noch besuchen.« Sie dachte kurz nach. Ob das kläglich war, nur die Tiere draußen am Zaun sehen zu können? Ein Wort der Beschwerde oder des Quengelns hatte sie nie gehört. »Und später«, setzte sie ihren Gedankengang fort, »später, als du auf dem Gymnasium warst, haben wir uns im Sommer gerne am Eugensplatz getroffen und ein Eis gekauft. Dann haben wir uns auf die Mauer gesetzt, unser Eis geschleckt und hinunter auf die Stadt geguckt, während du über die tolle Mathelehrerin, deine Theater-AG oder die nächste Klassensprecherwahl geredet hast. Was für eine Begeisterung du immer hattest! Und überall hatte es diese schönen Ausblicke. Ich sehe sie noch, aber nie wieder mit dir.« Sie schluckte, die Erinnerung war hart. »Nie wieder mit dir … nie wieder. Das darf nicht sein! Das kann nicht sein! WO BIST DU?«, brach es aus ihr heraus. »Wo bist du? Komm zurück! Bitte komm zurück! KOMM ZURÜCK!« Ein Schluchzen drang aus ihrer Kehle, ein seltsames, röhrendes Geräusch, das sie selbst erschreckte. Verstohlen blickte sie sich um, ob jemand in ihrer Nähe war. Doch die Straße war menschenleer.

»Die Leute halten mich sicher für verrückt. Ich laufe und führe Selbstgespräche, wie irre ist das denn! Aber ich führe ja kein Selbstgespräch, ich rede mit dir. Nur, dass du nicht da bist. Oder vielleicht doch? Vielleicht bist du um mich herum und bist überall. Ob du mich bis zum Himmel hören kannst? Gibt es ihn überhaupt, diesen Himmel? All die Wolken, auf denen du sitzen könntest …« Sie blieb stehen und krümmte sich. Der Moment nahm ihr die Luft zum Atmen, ihr wurde schwarz vor Augen. »Ich möchte schreien. Schreien, bis ich heiser bin. Ich will schreien und toben! Aber das hilft nicht. Nichts kann mehr helfen.« Resigniert richtete sie sich wieder auf und atmete ein paarmal flach und vorsichtig, bis sie sich stabiler fühlte. Mit jedem Schritt der Gedanke an das »Nie wieder. Nie wieder.« Jede Stunde ein Absturz, jede Minute die Hölle, jede Sekunde der Schmerz. »Ich kann das nicht, dich loszulassen. Ich kann nicht. Ich kann nicht!«, wimmerte sie. »Du bist mein Kind! Es darf nicht sein, dass du vor mir gehst. Du hattest doch noch alles vor dir. Bist so voller Freude und Lebenshunger ins Studium gestartet. Und dann dieses große Nichts. Ich will das nicht! Warum hilft mir keiner?« Sie hörte ihre Gedanken im Kopf schreien; jeder Satz war ein schmerzhaftes Hämmern. Wie gerne hätte sie sich jemandem anvertraut, sich den Schmerz von der Seele geredet.

Sie sehnte sich nach einem Menschen, irgendeinem, je fremder, desto besser. Doch niemand war da. »Ich bin alleine. Und ich werde es bleiben. Nie mehr deine Gesellschaft. Keiner da, der versteht. Ich fühle mich so entsetzlich einsam. Dabei war ich doch immer so fest in meinem Leben«, wunderte sie sich. »Alles habe ich hingekriegt, alles! Es gab keinen Felsen im Weg, den ich nicht heben konnte. Doch mit dir ist es gegangen. Alles, was ich war, ist weg. Ich werde nicht mehr sein. ICH KANN NICHT.« Ein kleiner Stein lag im Weg, sie kickte ihn weg. »Warum ist das passiert? Es ist so sinnlos. Deine letzten Worte. ›So sinnlos‹, sagtest du. Danach hast du nie wieder gesprochen. Genau das ist es. Sinnlos und sehr grausam. Ich bleibe hier zurück. Wo bist du jetzt? Ob du mich sehen kannst?« Vor ihr lag eine Straßengabelung, sie ging nach links, achtlos und ohne nachzudenken, wohin der Weg sie führte. Gehen, gehen, endlos weiter, egal wohin. Kreuz und quer, bis die Dämmerung kam oder die Erschöpfung so groß wurde, dass ihr Kopf leer war und die Gedanken schwiegen. Sie war schon nah an ihrem Wohnviertel, das wusste sie, doch ohne rechte Orientierung, wo genau sie sich befand.

»Bitte komm zurück. Du kannst mich nicht alleine lassen. KOMM ZURÜCK!« Die Gedanken kreiselten und rannten, sie hüpften und sprangen, nur, um wieder zum Ausgangspunkt zurückzukehren. Eine Endlosschleife ohne Trost. Und dann der Schock! Sie stoppte abrupt. Ein großer, ein sehr großer Mann stand vor ihr. Nein, er stand nicht, er saß – ein gewaltiger Koloss. Sie schnappte nach Luft, bis sie die Täuschung erkannte. Eine Skulptur hinter einem Zaun auf einem Privatgelände, ganz am Ende eines Gartens. »Wer stellt sich denn so einen Riesen in den Garten?« Sie schaute genauer hin. »Das Haus liegt ganz weit hinten, meine Güte, haben die Platz! Und das mitten in dieser Stadt, wer kann sich das denn leisten?« Sie musterte das Ungetüm. »Sitzend und in Denkerpose. Richtig schön ist anders. Riesig, aber leicht missmutig. Freundlich guckt der nicht gerade.« Sie war amüsiert, die Skulptur hatte etwas Ungewöhnliches. »Warum habe ich dich hier noch nie gesehen?«, fragte sie den starren Hünen. »Immerhin wohne ich schon lange hier, möglich, dass ich sogar schon den Weg entlanggelaufen bin. Doch dich habe ich noch nie bemerkt.« Vielleicht waren es neue Hausbesitzer, die die Immobilie nur mitsamt diesem sitzenden Giganten kaufen konnten. Und dann, wohin damit? Entsorgen war zu teuer, also ab an den Gartenrand zum Komposthaufen. »Und den bewachst du nun und erschreckst nebenbei Spaziergänger«, kommentierte sie belustigt seinen Standort. Sie versuchte, in den Garten zu blicken, doch der Koloss versperrte jegliche Sicht. Sie blickte der Skulptur in die Augen. Ein klammes Gefühl kroch in ihr hoch. »Bist du ein Zeichen?«, flüsterte sie dem Riesen zu und kam sich selbst verrückt vor. Doch was war das? Ihr stellten sich die Haare an den Armen auf, sie schlug den Blick nieder. Konnte das sein? War es eine optische Täuschung? Sie riskierte ein Aufschauen. Ohne Zweifel, der Riese blinzelte. Ihre Kehle fühlte sich ausgetrocknet an, das Flüstern klang krächzend und dürr: »Susa, bist du das?« Keine Reaktion. »Ich werde langsam wahnsinnig. Das ist das lange Laufen, die Situation, der Verlust, das macht mich mürbe. Ich …« Halt! Die Finger des Riesen regten sich. Langsam, ganz langsam, bewegte sich die Hand, die vormals sein Kinn gestützt hatte. Er löste seine Pose auf, hob den Kopf, nahm den rechten Arm hinunter und drehte ihn leicht nach hinten. Dann streckte er den Zeigefinger aus und deutete in den Garten. Sie erstarrte. »WER BIST DU?« Der Riese blieb ohne weitere Regung, nur der Zeigefinger wies weiterhin in Richtung des Hauses. »Soll ich hineingehen?« Ein fast unmerkliches Zwinkern. Das war ein Ja. Ihr schauderte. Sie blickte sich um, schaute hinter sich. Sollte sie tatsächlich hineingehen? Was würde sie erwarten? Und was konnte passieren?

Nichts! Es gab nichts mehr, was sie noch hätte verlieren können. Außer einem Leben, das sie nicht mehr wollte. Sie fasste sich ein Herz und stieg mit dem ersten Fuß über den kleinen Gartenzaun. Kurz strauchelte sie und fasste unwillkürlich an die Skulptur, um sich abzufangen. Sie hielt vor Schreck den Atem an. Doch das Metall war kühl und glatt, genauso, wie es sein sollte. Keine Pranke, die sie umfasste, kein Zombie, der zum Leben erwachte. Erleichtert atmete sie auf und hob den anderen Fuß über den Zaun.

Nun war sie drinnen. Privatgelände! »Hoffentlich erwischt mich keiner«, dachte sie ängstlich. Ständig war sie aus Furcht vor den Folgen darauf bedacht gewesen, die Privatgrenzen anderer nicht zu überschreiten. Doch nun war es zu spät, sie hatte die Abzäunung überschritten. Vor ihr lag ein Weg aus Steinplatten, einladend und gepflegt, ganz so, als hätte er auf sie gewartet. Sie schritt langsam Platte für Platte ab, und je mehr sie sich dem Haus näherte, desto größer schien ihr der Garten zu werden. In der Ferne sah sie Sonnenschirme und Gartenstühle, sie vernahm Stimmen. Dort, wo gerade eben noch Stille war, entstand ein Klangbild aus Musik, Gläserklirren und der lebhaften Unterhaltung mehrerer Menschen. Sie zögerte. Umkehren oder nicht? Doch bevor sie ihre Möglichkeiten abwägen konnte, sah sie eine junge Frau auf sich zukommen. Ihr Herz klopfte heftig. Die Hausbesitzerin? Das Lächeln der Frau und die jugendliche, schwungvolle Bewegung ließ sie stutzen: Das war ... Susa! Kurz wurde ihr taumelig, das konnte nicht sein, war das eine Illusion? Doch sie war es wirklich, das war kein Traum! Susa näherte sich ihr mit leichten Schritten, die Arme zu einem Winken erhoben, ihre blonden Haare schwangen bei jedem Tritt. Endlich erreichte sie sie, mit einem Schluchzen nahm sie ihre Tochter fest, ganz fest in die Arme. Es fühlte sich so gut an, ihr wurde schwindelig vor Glück. »Ich wusste, dass du nicht tot bist. Ich wusste es!«, brach es aus ihr hervor. »Wo warst du?«

Doch Susa murmelte nur »Frag nicht«, löste die Umarmung und blickte sie an. Sie wusste sofort, dass sie keine Antwort bekommen würde. Hatte sie denn je Antworten von Susa bekommen? Ihr Kind hatte immer ein offenes, lebhaftes Wesen gehabt, hatte die Welt stets wie ein Füllhorn an guten Dingen betrachtet. Doch gab es Probleme oder Verletzungen, hatte ihr Mädchen sich zurückgezogen und geschwiegen. Alles, was ihren Optimismus ankratzte, hatte sie mit sich selbst ausgemacht. Wie ein Kaktus blieb sie so lange still und unantastbar, bis nach tagelangem Schweigen wieder die tatkräftige Susa aus einem persönlichen Trümmerfeld gestiegen kam.

Sie schaute Susa an. Gut sah sie aus. Susa wirkte sportlich und stabil, genauso, wie sie vor ihrer Krankheit gewesen war. Sie trug ihr typisches Outfit aus schwarzen Jeans, klobigen Schuhen und einem Tanktop, die Haare waren lang und glänzend, die Arme glatt und ohne Nadeln und Schläuche. »Jetzt hat sie schon wieder die verwaschene Hose genommen, dabei liegen noch drei nagelneue Jeans im Schank!«, fiel ihr ein, und sie wunderte sich selbst über den banalen Gedanken.

»Komm mit, wir feiern heute. Vorne gibt es eine Bar«, meinte Susa.

»Was feiert ihr? Und wer ist denn wir?«

Susa lächelte und fasste ihre Hand. »Überraschung!«, sagte sie und lachte. »Frag nicht so viel, das ist nicht wichtig. Lass uns zu den anderen gehen. Es wird dir Spaß machen.« Und schon zog Susa sie mit, so dynamisch und freudig, dass sie sich einfach mitreißen ließ.

Vor dem Haus angekommen, platzierte Susa sie an einem noch freien Tisch. Sie musterte die anderen Leute. Sommerlich angezogene Menschen tummelten sich in losen Grüppchen an Stehtischen unter bunten Sonnenschirmen, die meisten hielten ein Glas in der Hand und befanden sich in reger Unterhaltung. Die Stimmung schien heiter, die Menschen wirkten gelöst. Sie konnte nichts ausmachen, was diese Gartenparty von all den anderen unterschied, die sie besucht hatte. Und doch war etwas anders, denn mindestens eine Person konnte nicht mehr sein. Nur eine?

Ein Mittvierziger mit einem weiten Hemd und einem wilden Lockenkopf kam auf sie zu. Sie schaute verwirrt zu Susa: »Michel! Da ist ja der Michel! Wie kann das sein?« Susa nickte nur.

Ihr Herz machte einen heftigen Schlag. Damit hatte sie niemals gerechnet, ihr Mann war auch da!

»Das ist schön, dich wiederzusehen!« Michel umarmte sie, ungeniert und mit einem lauten Lachen. Michel, der freakigste und allerliebste all ihrer Männer und Freunde, sah genauso aus wie beim letzten Treffen. Mehr als zwanzig Jahre war das jetzt her, ihr wurde beim Anblick von Michel bewusst, wie sehr sie seitdem gealtert war. Die Trauer hatte ihr in den letzten Monaten noch ein Jahrzehnt zusätzlich draufgepackt, sie erkannte sich selbst nicht mehr im Spiegel, so sehr hatte sich ihr Gesicht verändert.

All das war doch nicht möglich! Sie wollte Fragen stellen, aber keine einzige fiel ihr ein. Als hätte die heitere Atmosphäre um sie herum einen Sog, fühlt sie nur noch pure Freude. »Was willst du trinken?«, fragte Susa. »Ich besorg dir was.«

»Einen großen Spritz. Oder einen Caipirinha. Oder was anderes, ganz egal – Hauptsache, kalt und mit viel Alkohol!«, rief sie übermütig, und sie sagte es so ungezwungen, wie sie sich plötzlich fühlte.

Susa war da, Susa organisierte Getränke, Susa und sie waren auf einer Party, alles war so, wie sie es schon hundert Mal auf Festen erlebt hatte. Glück überkam sie wie eine Welle. Als Susa mit einem Glas für sie zurückkam, fasste sie ihre Hand und strahlte voller Lebensfreude.

»Prost«, rief sie ausgelassen in die Runde. »Das ist ja mal eine tolle Gartenparty.« Die umstehenden Gäste lachten, hoben ihre Gläser, winkten ihr zu. Ganz so, wie es auf den Schulfesten und auf den Unifeten gewesen war, zu denen Susa sie manchmal mitgenommen hatte. Gelöste junge Leute, die die Mutter von Susa gut aufgenommen hatten – ebenso, wie ihre Freunde noch viel früher die kleine Tochter ohne Problem willkommen geheißen hatten. Meist war Susa das einzige Kind auf allen Feiern gewesen, aber verwitwet und alleinerziehend blieb ihr nichts anderes übrig, als die Kleine überallhin mitzuschleppen. Susa war reizend gewesen; sie erkundete fremde Gärten, las oder malte und fügte sich in die Welt der Großen selbstverständlich ein, ohne deren Aufmerksamkeit über Gebühr beanspruchen zu wollen. Ein offenes, zufriedenes Kind ohne Allüren, so war die kleine Susa schon als molliges Kleinkind gewesen. Auch, als aus dem patschigen Entlein ein schöner Teenager geworden war, blieb Susa launenfrei und bereit, sich überall unaufgeregt einzufügen. Ein strahlender Stern, doch niemals ein Planet, um den alles kreisen musste.

Es kam ihr komisch vor, Susa und Michel zusammen an einem Ort zu sehen. Michel war ein Teil aus einem anderen Leben; er verstarb, bevor Susa auf die Welt kam. Sie dachte selten an ihn. Mit Susas Geburt hatte sie sich jeden Gedanken an den Unfall verboten, jede Erinnerung an das, was vorher war, getilgt. Ihr Kind sollte unbeschwert und ohne die Mühlsteine der Trauer aufwachsen. Es gab von Anfang an nur sie und Susa.

Andererseits fühlte es sich völlig normal an, beide an einem Ort zu sehen, ganz so, als gehöre es so. Und war es das nicht auch? Immerhin war Michel Susas leiblicher Vater, auch wenn Susa ihn nie kennengelernt hatte. »Kommen im Himmel tatsächlich die Familien wieder zusammen?«, fragte sie sich. »Aber wenn das so ist, wo bleiben dann die Freunde? Wird das dann nicht alles furchtbar voll und unübersichtlich?« Kurz überlegte sie, ob ihr Vater auch anwesend war, aber die Idee war so flüchtig, dass sie sich sofort wieder verlor.

Sie musterte die anderen Gäste genauer. Der eine oder andere kam ihr vage bekannt vor, doch sie konnte niemanden ausmachen, den sie mit Namen kannte. »Sind das alles Tote?«, wunderte sie sich. »Oder ist es an den anderen Tischen wie bei mir, halb und halb, ein Treffen zwischen den Welten?« Sie überlegte, ob sie sich nicht hätte gruseln müssen, doch die Gesellschaft schien ihr nicht bedrohlich und völlig harmonisch. Es war herrlich, hier zu sein! Es war so wunderbar befreiend, zwei geliebte Menschen um sich zu haben und nach Monaten der kompletten Isolation entspannt in einem Kreis netter Leute auf einer Gartenparty zu sein.

Wie lange sie dort stand, plauderte, trank? Sie fühlte es wie eine Ewigkeit und noch einen Moment mehr. Zeit spielte keine Rolle, ihr war, als würde dieser Augenblick nie mehr vergehen. Nie mehr oder zumindest erst irgendwann. Bis Susa sich vorbeugte und flüsterte: »Es ist schön, dass es dir heute gutgeht.«

Etwas an Susas Tonfall ließ sie aufhorchen. Er klang bedrohlich nach einem Aufbruch. »Du gehst doch nicht etwa?«

Susa lächelte und nickte leicht. Sie schaute ihr Tochter entsetzt an. Doch bevor sie protestieren konnte, legte Susa ihr die Hand auf die Schulter. »Wir müssen gehen, Mama. Was heute passiert ist, ist eine Ausnahme. Alles, was ich wollte, habe ich bekommen: Dich zu sehen, wenn auch nur für diesen kleinen Augenblick. Nun gibt es nichts mehr, was mich noch in deiner Welt halten kann. Nimm`s nicht so schwer, das wird am Lauf der Dinge nichts ändern können.«

Sie riss die Augen auf und klammerte sich an Susa, hielt sie so fest, wie sie konnte. Ihr kleines, großes Mädchen, sie durfte nicht zulassen, dass sie ihr zum zweiten Mal entrissen wurde! »Du bist mein Kind. Wie könnte ich dich noch einmal gehenlassen? Wie kann ich es nicht schwernehmen?«, brach es aus ihr hervor. »Alles, alles ist ohne dich vorbei. Mehr als zwanzig Jahre warst du mein Leben. Susa, ich kann nicht ohne dich sein! Ich habe schon zu viel verloren ...«

»Lass mich gehen«, unterbrach Susa sie mit fester Stimme. »Bleib noch ein bisschen, trink noch was, amüsier' dich. Noch einmal in einer guten Situation mit dir sein zu dürfen, dich froh und glücklich zu sehen, ist alles, was ich mir gewünscht habe, und es ist weit mehr, als anderen zugestanden wird«, fügte Susa hinzu.

Sie schnappte vor Entsetzen nach Luft. Das Atmen tat weh.

»Da, wo ich hingehe, wird alles gut«, beruhigte Susa sie. »Ich fühle keinen Schmerz. Alles ist klar, alles ist selbstverständlich. Wir denken nicht das Gestern und nicht das Morgen, wir sind nur eure Gedanken als Lichter und Schatten.«

Was bedeutete das? Sie war nie religiös gewesen, hatte an Himmel und Hölle nicht geglaubt und Esoterik ausgiebig gehasst. »War das falsch«, grübelte sie. »Gibt es mehr, als wir fassen können? – Nein«, entschied sie. »Das Leben ist dort, wo wir Lebenden sind. Ich bin in einem Traum.« Und doch fühlte sie sich hellwach, der Garten war echt, und ihr Kind, ihr großartiges Mädchen, war greifbar und real.

Michel näherte sich Susa und ihr mit ausgestreckten Armen und seinem breiten Michel-Lachen im Gesicht. »So ist er zu jeder Sekunde gewesen«, dachte sie. »Zugewandt und lachend, nichts hat ihm je die Laune verhagelt, nicht einmal der mieseste Job oder der gefährlichste Einsatz hat dazu geführt, dass Michel sein Lachen verloren hätte. Michel war immer nur Michel«, staunte sie. »Man konnte ihn nie richtig fassen, nicht festnageln auf alltägliche Routinen. Er war für jeden, der Sonne suchte, ein Lachen und wurde sofort flüchtig, wenn es um Alltagsprobleme ging. Vielleicht konnte ich deshalb so gut ohne ihn für Susa sorgen«, dachte sie weiter. »Denn mit ihm an meiner Seite hätte ich doppelt vernünftig sein müssen, um seine Verrücktheiten auszugleichen.«

»Du Liebe«, sagte Michel und umarmte sie, bevor er sich an Susa wandte. »Komm jetzt!«, forderte er sie auf, und Susa trat an Michels Seite.

Ihr wurde eiskalt, es fühlte sich an, als würde ihr Herz erstarren »Ich komme mit! Nehmt mich mit, bitte! Mir ist es egal, wo das ist, ich lasse euch nicht ohne mich gehen!« Michel schaute weg, Susa blickte sie nachdenklich an.

»Nein«, sagte sie schließlich. »Da, wo wir hingehen, kannst du nicht mitkommen.«

Ihr stiegen die Tränen in die Augen. »Warum nicht? Lasst mich hier nicht alleine!« Sie weinte nun hemmungslos.

Michel räusperte sich. »Es wird Zeit«, sagte er zu Susa und fügte zu ihr gerichtet hinzu. »Susa muss mit mir gehen. Für dich ist anderes vorgesehen. Aber ich verspreche dir, ich passe auf Susa auf! Du wirst sie wiedersehen, auch wenn das eine lange Zeit dauern kann.« Ohne auf ihre weitere Antwort zu warten, fasste Michel Susas Arm und zog sie sanft nach vorne. Ein letzter Blick zu ihr, dann wandte Susa sich ab und ging mit Michel.

Sie sah, wie sich beide entfernten, Seite an Seite. Sie gingen nicht, sie entschwanden vor ihren Augen: Mit jedem Schritt schienen sie sich mehr vom Boden zu erheben, und ihre Silhouetten verblassten nach und nach, bis nichts mehr zu sehen war. Sie waren fort.

Sie wusste nicht, ob sie glücklich oder verzweifelt war. Konnte man beides sein? Susa wirkte fröhlich und versöhnt mit dem, was ihr passiert war. Nichts an ihr erinnerte noch an ihren schrecklichen Todeskampf, an die lange Leidenszeit, an diese unwirklichen letzten achtundvierzig Stunden, die sich ihr eingebrannt hatten. Sie war so sehr Susa, wie sie es vor der Krankheit gewesen war.

Sie schluckte hart. Nun musste sie loslassen. Ihr Kind für immer und immer freigeben und ohne es weiterleben. »Wie geht das mit dem Leben? Ich weiß es doch nicht ...« Sie haderte. Den Blick auf die Stelle gerichtet, an der sie entschwunden waren, verharrte sie, bis die Dämmerung einbrach. Dann drehte sie sich um. Ohne noch einmal zurückzublicken, durchquerte sie das Gelände bis zum Koloss, der stumm und starr das Gartenende bewachte. Sie stieg über den Zaun und landete wieder auf der kleinen Straße, die menschenleer und ruhig war. Sie wusste, dass sie Susa ein letztes Mal gesehen hatte. Susa würde nie mehr zu ihr kommen, weder im Leben noch im Traum.

Die Brunnengeister von Stuttgart

Sabine Wälz

Die Brunnengeister von Stuttgart

Es war Sommer und in der Stuttgarter Innenstadt war mächtig was los. Das Leben spielte sich bei den warmen Temperaturen überwiegend draußen ab. Gelöste Stimmung, luftige Kleidung. Die Schwabenmetropole zeigte sich von ihrer Sonnenseite. Von der sonst eher zugeknöpften Art der Stadtbewohner war nichts zu spüren. Es wurde viel gelacht und sogar mit Fremden ausgelassen geplaudert.

Lucy war mit Elias und Konni unterwegs. Mit Elias war sie aufgewachsen, sie kannten sich schon seit dem Kindergarten. Er war ihr bester Kumpel. Konni hatte sie erst in diesem Jahr im Schwimmverein kennengelernt. Sie waren schon ein paar Mal gemeinsam um die Häuser gezogen, meistens in einer größeren Gruppe, aber an diesem Abend waren nur noch sie drei übriggeblieben. Lucy wurde das Gefühl nicht los, dass jeder der Jungs es darauf angelegt hatte, mit ihr allein zu sein. Die beiden hatten sich schon den ganzen Abend völlig verrückt aufgeführt, wie zwei Gockel, die um ihre Aufmerksamkeit kämpften. Lucy hatte keine Lust auf den Blödsinn. Sie mochte beide gern und wollte sich nicht zwischen ihnen entscheiden müssen. Aber so langsam sah sie ein, dass das wohl über kurz oder lang unvermeidbar sein würde. Elias war witzig und wahnsinnig schlau. Auf ihn konnte sie immer zählen. Und er hatte Charme, das musste sie zugeben. Konni sprang behände über Straßenpoller und kletterte wie ein Affe an Laternenpfählen hoch. Ein alberner Kerl, aber sehr durchtrainiert. Momentan war es ihre Taktik, so zu tun, als bekäme sie von dem männlichen Balzverhalten nichts mit. Die ganze Aufmerksamkeit war ja irgendwie auch schmeichelhaft. Sie konnte sich immer noch entscheiden. Die drei hatten einen lustigen Abend im Bohnenviertel verbracht, waren ein wenig planlos von Bar zu Bar gezogen und hier und da auf weitere Freunde getroffen. Sie hatten ein bisschen getrunken und gequatscht, es aber nirgends lange ausgehalten. Hinter jeder Ecke schien die nächste Verlockung zu warten und die Nacht war einfach zu schön, um irgendwo lange zu verweilen.

Ein wenig beschwipst und kichernd landeten sie schließlich auf dem Leonhardsplatz. Vor dem großen Brunnen schräg gegenüber der Kirche stand eine steinerne Bank. Lucy ließ sich erschöpft darauf nieder, Elias setzte sich ziemlich platzgreifend neben sie. Konni blieb nichts anderes übrig, als vor ihnen stehenzubleiben. Er zog die Flasche Wein, die sie an der Tanke erstanden hatten, aus seinem Rucksack, nahm einen großen Schluck und reichte sie Lucy. Nachdem sie die Flasche an Elias weitergegeben hatte, legte sie den Kopf in den Nacken und blickte nach oben.

»Der Kerl sieht ganz schön düster aus.«

»Das ist der Nachtwächter von Stuttgart, seine Laterne war die erste elektrische Beleuchtung damals«, sagte Elias.

»Ach ja? Bist du jetzt Geschichtsprofessor?« Konni musterte ihn verächtlich.

Elias ignorierte ihn und wandte sich stattdessen an Lucy. »Als meine Tante letztes Jahr hier war, haben wir diese Geister-Stadtführung gemacht. Hab' ich dir doch damals erzählt, weißt du noch?«

Lucy nickte. Sie hievte sich hoch, um die Statue besser sehen zu können. »Ich find den gruselig. Und der Hund sieht auch nicht gerade freundlich aus mit diesem komischen Reißzahn.«

»Hey, du Streber, kannst du mir auch erklären, was diese Meerjungfrauen mit dem Typen zu tun haben? Schwimmen die nachts im Neckar, während er seine Runden dreht?«, rief Konni von der rechten Seite des Brunnens.

Elias hob ratlos die Schultern, auch er war aufgestanden,

um sich die fraglichen Figuren näher anzusehen. »Keine Ahnung, Alter. Aber die sind doch ganz hübsch.«

Lucy kicherte und hielt Elias spielerisch die Augen zu. »Vor allem sind die ziemlich nackt.«

»Stimmt, das ist ja eine Schande!« Konni tat empört. »Ich will keinesfalls, dass dich ihre Nacktheit beleidigt.«

»Und wie die mich beleidigt, das ist ja obszön. Und das mitten in unserem anständigen Schwabenland!«, rief Lucy. Sie war mittlerweile ein wenig betrunken und fand alles wahnsinnig komisch. Theatralisch hielt sie sich die Augen zu: »Rette mich vor diesem Anblick!«

Die Gelegenheit, den Ritter auf dem weißen Pferd zu geben, ließ Konni sich nicht entgehen. Er wühlte in seinem riesigen Rucksack, den er ständig mit sich rumschleppte. Lucys Ledertäschchen war ein Witz dagegen. Schon hatte er eine Sprühdose hervorgezaubert und kletterte damit auf den Rand des Beckens, der unter der Nymphe stand.

»Mylady – ich werde eure unschuldigen Augen vor dieser schändlichen Zurschaustellung weiblicher Reize retten!« Mit diesen unsinnigen Worten sprühte er eine ordentliche Ladung knallroter Farbe auf die Brüste der Meerjungfrau.

»Sag mal, spinnst du? Du Arsch! Das ist öffentliches Eigentum. Wir kriegen deinetwegen einen Riesenärger.« Elias zerrte wütend an Konnis Bein. Der trat heftig nach seinem Rivalen und lachte. »Renn doch nach Hause zu Mutti, du Weichei!«

Elias stand unentschlossen da. Lucy sah ihm an, dass er tatsächlich am liebsten davongelaufen wäre. Aber das hätte natürlich bedeutet, Konni das Feld zu überlassen. Seine Aktion war echt bescheuert. Lucy starrte auf die knallroten Brüste der Meerjungfrau und nuschelte: »Also irgendwie stechen sie jetzt erst so richtig ins Auge.«

Konni sah ein wenig beleidigt aus. Er hatte offenbar auf Applaus für seine Heldentat gehofft. Außerdem wurde ihm plötzlich ziemlich warm um die Waden.

»Was zur Hölle …?« Elias blickte entsetzt auf das Becken, auf dessen Rand Konni stand. Das Wasser begann plötzlich zu blubbern wie Miraculix' Zaubertrank. Das war gar nicht gut. Mit einem spitzen Schrei sprang er herunter und wich entsetzt zurück. Das ging nicht mit rechten Dingen zu! Konni packte Lucys Hand und zog sie hinter sich her. Elias folgte ihnen stolpernd. Kopflos flüchteten sie durch die Unterführung Richtung Marktplatz. Erst als sie wieder andere Menschen um sich hatten, beruhigten sie sich ein wenig. Nach einiger Zeit war ihnen ihre panische Flucht vom Nachtwächterbrunnen fast schon peinlich und die Jungs begannen, sich gegenseitig aufzuziehen.

»Oh Mann, dein blödes Gesicht, als du fast vom Beckenrand geflogen bist, werd' ich so schnell nicht vergessen«, witzelte Elias.

»Und du rennst wie meine Oma«, konterte Konni. Lucy kam ihre Frotzelei reichlich gekünstelt vor, und irgendwie war die Stimmung im Eimer. Auf der Fahrt im Nachtbus waren die drei ziemlich schweigsam.

Zuhause wickelte sich Lucy in ihre warme Decke. Trotz der sommerlichen Temperaturen fröstelte sie. Das Zimmer drehte sich leicht. Sie bereute es, so viel getrunken zu haben. Für einen Moment hatte es echt so ausgesehen, als würde der gruselige Nachtwächter sich bewegen und seinen strengen Blick auf sie richten. Sie hatte seine donnernde Stimme gehört, direkt in ihrem Kopf: »Wer wagt es, meinen Brunnen zu schänden?« Noch während Konni sie hinter sich hergezogen hatte, fürchtete sie, ein unsichtbares Wesen würde sie brüllend verfolgen.

»Sei nicht albern, das bildest du dir ein«, schalt sich Lucy selbst. Sie kroch tief unter ihre Decke. So sehr sie sich auch anstrengte, sie schaffte es nicht, die grässliche Stimme in ihrem Kopf zum Schweigen zu bringen. Wie ein Mantra wiederholte diese immer wieder die Worte: »Das Wasser wird euch verfolgen!«

***

Rosalie hatte sein Erwachen gespürt. Er, der so lange geschlafen hatte, vor dem sie und die anderen so viele Jahre ihre Ruhe gehabt hatten, war gestört worden. Und wie immer war er wütend. Viel wütender, als er es ohnehin seit mehreren hundert Jahren war, seit Gala, seine ehemalige Geliebte, ihm das Herz gebrochen hatte. Seither war er ein grummeliger, schlecht gelaunter und äußerst cholerischer Geist, um den sie alle lieber einen großen Bogen machten. Irgendetwas hatte ihn aufgeweckt und das verhieß nichts Gutes. Rosalie wollte sich lieber nicht ausmalen, was er dieses Mal anstellen würde.

Dabei waren sie und ihresgleichen eigentlich eine friedliebende Gemeinschaft und es war ihnen nicht erlaubt, sich in die Geschicke der Menschen in Stuttgart einzumischen. Die hatten ja keine Ahnung, dass parallel zu ihrer Gesellschaft eine weitere existierte, deren Geheimnisse hinter steinernen Kaskaden und sprudelnden Gewässern verborgen waren. Dies war die Gesellschaft der Brunnengeister. Immerhin gab es in der schwäbischen Metropole über zweihundertfünfzig Brunnen und jeder noch so kleine beherbergte seinen eigenen Brunnengeist. Rosalies Brunnen, der Schenklinsbrunnen in Heslach, war der älteste der Stadt. Und auch einer der schönsten, wie Rosalie fand. Eine schlichte Schale auf einer schlanken Säule. Wahre Schönheit braucht keine Schnörkel. Natürlich war es ein Trinkwasserbrunnen, das waren die besten Brunnen der Stadt, da waren sich alle einig. Das Wasser floss aus einem schwarzen Tierkopf ins Becken. Rosalie hatte die Menschen oft rätseln hören, was für ein Tier das wohl sein mochte. War es ein Hund, ein Pferd oder gar ein Bär? Am besten gefiel es ihr aber, wenn die Menschen sagten, sie fühlten sich beim Anblick des malerischen Brunnens, der an einer roten Backsteinmauer vor einem der berühmten Stuttgarter

Stäffele stand, in die Toskana versetzt. Das schien ein Ort zu sein, den die Schwaben zu schätzen wussten. Rosalie träumte sich die Toskana als grüne Oase voll herrlich sprudelnder Quellen, in der es stets sonnig war und man die einfachen Dinge des Lebens zu schätzen wusste. Es machte sie glücklich, wenn ihr Brunnen die geschäftigen Stadtmenschen ein bisschen zum Träumen brachte, während sie eine Rast einlegten und sich eine Erfrischung gönnten.

Wie alle Brunnengeister hatte Rosalie viel Zeit damit verbracht zu schlafen. Wenn man viele hundert Jahre herumgeisterte, hatte Zeit eine andere Dimension, als sie es für Menschen hatte. Doch nun war es mit der Ruhe vorbei. Den ganzen Tag schon war sie unruhig gewesen, aber erst nachts war es ihr möglich, ihren Brunnen zu verlassen. Sie machte sich auf den Weg zum Bihlplatz, wo Walli ihr Zuhause im Ochsenbrunnen hatte. Walli war Rosalies liebste Freundin, sie besuchte sie sehr häufig. Obwohl sie erst vor drei Jahren bei ihr vorbeigeschaut hatte, erforderten die besonderen Umstände einen weiteren Besuch.

Als Rosalie über den Bihlplatz schwebte, sah sie ihre liebe Freundin schon von Weitem am Rand des Ochsenbrunnens sitzen. Offenbar hatte auch sie das Erwachen des Nachtwächters gespürt und erwartete sie bereits.

»Da bist du ja, meine Liebe. Du bist ja ganz aufgelöst«, begrüßte Walli sie, als sie sich neben ihr auf dem Brunnenrand niederließ. »Möchtest du ein Schlückchen Ochsenbrunnenwasser?« Rosalie nickte dankbar. Das Wasser aus anderen Brunnen war immer eine herrliche Abwechslung und das aus Wallis Brunnen schmeckte ihr besonders gut. Es hatte eine leicht würzige Note.

Walli betrachtete ihre Freundin neugierig. »Was wird ihn wohl dieses Mal geweckt haben? Wurde schon wieder am Bahnhof gepfuscht? Hast du schon etwas gehört?«

Rosalie schüttelte den Kopf. »Nein, aber ich fürchte, er

ist richtig wütend. Ich spüre seinen Groll noch immer. Das letzte Mal konnte Klara das Problem recht schnell lösen. Ich hoffe, der Rat muss nicht zusammenkommen.«

Walli stöhnte entsetzt auf. »Oh je, alles, nur das nicht. Ich habe keine große Lust auf die ganzen aufgeblasenen Wichtigtuer.«

»Du meinst bestimmt die Grafen?«, kicherte Rosalie.

Walli schwang sich auf den Löwenkopf, der die Säule ihres Brunnens zierte und rief mit verstellter Stimme: »Ich bin Konstantin, mein Brunnen strahlt auch nachts in bunten Farben.«

Rosalie lachte laut, deutete eine tiefe Verbeugung an und rief: »Und ich bin Frederik. Niemand ist so wichtig wie ich.«

So war es immer, wenn die Freundinnen zusammensaßen, sofort begannen sie herumzualbern. Über die aufgeblasenen Brunnengeister der Schlossplatzbrunnen, die von allen nur spöttisch die Grafen genannt wurden, zogen sie am liebsten her. Es waren aber auch arrogante Wichtigtuer, die sich nur aufgrund der zentralen Lage ihrer Brunnen für etwas Besseres hielten. Dabei gehörten sie noch nicht einmal zum alten Adel.

»Hey, ihr zwei, könnt ihr mal leiser sein? Ich versuche hier zu jagen!«

Die Stimme kam vom Boden. Rosalie blickte in zwei leuchtende Katzenaugen. Katzen hatten wie alle nachtaktiven Tiere die Gabe, die Brunnengeister sehen, hören und mit ihnen kommunizieren zu können.

»Ach, Samy, du bist's«, begrüßte Walli den großen getigerten Kater, der seine dicke Pfote auf einer zappelnden Ratte hatte. »Oh – und dich kenne ich doch auch. Du warst die letzten Nächte bei den Mülltonnen zugange.« Walli nickte der bedauernswerten Ratte freundlich zu.

»Tja, das war dämlich, denn das hier ist mein Revier.« Der Kater sah sehr zufrieden aus.

»Wenn ich vielleicht etwas sagen dürfte?«, quiekte die Ratte.

»Ein paar letzte Worte seien dir vergönnt«, willigte Samy ein und hob die Pfote gerade so viel, dass sein Opfer den Kopf heben konnte.

»Ich habe eine Botschaft für die Geisterladys der Brunnen.« Walli kicherte. »Die Ladys – das sind dann wohl wir.«

»Gefällt mir!«, nickte Rosalie anerkennend.

»Nun, ich würde sagen, eine Pfote wäscht die andere – also Hand, meine ich. Ich überbringe die Botschaft und ihr sorgt dafür, dass der Kater mich gehen lässt.«

»Moment mal – so haben wir nicht gewettet. Kommt nicht in Frage, Kleiner!« Samy blickte die Freundinnen entrüstet an. »Ihr werdet euch doch nicht auf diesen Blödsinn einlassen, oder?«

Walli warf Rosalie einen fragenden Blick zu. Eigentlich war es nicht ihre Art, sich in nächtliche Beutekämpfe einzumischen. Wenn man damit erstmal anfing, standen morgen bestimmt ganze Scharen von Ratten, Mäusen und Eichhörnchen vor ihren Brunnen Schlange.

Rosalie wandte sich an Samy: »Bist du denn sehr hungrig?«

Das war eine Frage, über die der Kater erstmal nachdenken musste. »Nein, eigentlich nicht«, räumte er schließlich ein. »Lucy hat mir erst vor zwei Stunden den Napf aufgefüllt. Bei ihr lebe ich. Gleich da drüben.« Er wies vage in Richtung Apotheke.

»Dann wäre es in diesem Fall ja nicht tragisch, wenn du den Boten heute nicht fressen würdest. Du könntest dein Glück morgen wieder versuchen. Dann hast du den doppelten Spaß beim Jagen.«

Auch darüber musste der Kater ausgiebig nachdenken. Schließlich rang er sich zu einer Entscheidung durch und nahm die Pfote von der Ratte. »Wir sehen uns morgen!«, knurrte er. Dann schlenderte er betont langsam davon.

»Ich danke euch!«, rief die Ratte glücklich.

»Wenn das die Runde macht, hetze ich dir sämtliche Eulen des Waldes auf den Hals, ist das klar?« Rot leuchtend schwebte Rosalie über dem Kopf der Ratte. Diese zuckte erschrocken zusammen. »Von mir erfährt keiner meiner Artgenossen auch nur ein Sterbenswörtchen!«

»Sehr schön!« Rosalie nickte zufrieden. Sie ließ sich wieder auf dem Brunnenrand nieder. Entspannt und fröhlicher, als wäre nichts weiter geschehen, nickte sie der Ratte zu: »Dann schieß mal los!«

Die Ratte stellte sich auf die Hinterbeine. »Der alte Jockel ist aufgewacht und er sinnt auf Rache. Ein paar Menschen haben eine seiner beiden Nymphen mit roter Farbe verunstaltet und er hat geschworen, nicht zu ruhen, bevor er die Übeltäter bestraft hat.«

»Ach du liebes Bisschen. Das klingt nach Ärger!«, rief Walli entsetzt.

Rosalie blickte finster: »Allerdings. Das ist etwas Persönliches, da wird er sich mit einem kleinen Ausfall der Laternen nicht zufriedengeben. Ratte, was kannst du uns über die Übeltäter sagen?«

»Sie waren zu dritt. Ein Weibchen, zwei Männchen. Nicht mehr klein, aber auch noch nicht erwachsen.«

Walli schüttelte besorgt den Kopf: »Das sind die schlimmsten. Die machen nur Dummheiten.«

»Trotzdem müssen wir sie schützen!«, sagte Rosalie. »Sie sind in großer Gefahr!« Sie wandte sich wieder der Ratte zu: »Hier ist mein Auftrag: Finde heraus, wo diese Menschen leben, und berichte uns. Solange du für uns arbeitest, stehst du unter unserem Schutz. Einverstanden?«

Die Ratte zögerte nicht: »Einverstanden. Morgen Nacht werde ich euch berichten!« Mit diesen Worten huschte sie davon.

***

Als Lucy am nächsten Morgen aufwachte, kamen ihr die Erlebnisse der vergangenen Nacht vor wie ein böser Traum. Zuerst ließ sie ihren Kater Samy ins Haus und füllte seinen Napf, während er ihr schnurrend um die Beine strich. Sie war spät dran und beeilte sich, ins Bad zu kommen. Irgendetwas schien mit den Rohren nicht zu stimmen. Aus dem Wasserhahn kam nur rostig-braune Brühe. Angeekelt verzog sie das Gesicht. Ihr Vater war schon weg, also versuchte sie es mit der Dusche. Hier kam glücklicherweise klares Wasser. Zufrieden stellte sie sich mitsamt Zahnbürste unter den Strahl und genoss die Wärme auf ihrer Haut. Plötzlich zuckte sie zusammen, als das Wasser grundlos die Temperatur wechselte. Erst war es eisig und im nächsten Moment kochend heiß. Sie schrie auf. Das tat höllisch weh! Sie drehte am Regler, doch jeder Versuch, die Normaltemperatur wieder herzustellen, blieb erfolglos. Fluchend stellte sie das Wasser aus und trocknete sich ab. Haare waschen musste heute früh wohl ausfallen. Zum Glück hatte sie später noch Schwimmtraining, dann konnte sie das nachholen.

Immerhin war es ein herrlicher Sommertag. Beschwingt machte sie sich auf den Weg zu ihrer Schule. Es war nur ein kurzer Fußweg. Kaum war sie ein paar Meter gelaufen, zog über ihr eine dichte Wolkendecke auf. Sie blickte erstaunt nach oben, da spürte sie schon die ersten Regentropfen auf ihrem Gesicht. Es war ein regelrechter Wolkenbruch, der sich da über sie ergoss. Fluchend beschleunigte sie ihre Schritte. Natürlich hatte sie an diesem Sommertag keinen Schirm dabei. Völlig durchnässt erreichte sie das Klassenzimmer. Auch Elias hatte der Regenschauer erwischt. Ihre Freundin Anna blickte die beiden erstaunt an: »Ihr seht ja aus wie begossene Pudel. Was habt ihr denn angestellt?«

»Schau mal nach draußen, was für ein Sauwettter!«, schimpfte Lucy.

Anna sah sie an, als ob sie verrückt geworden sei. Lucy blickte zum Fenster. Der Himmel war wieder strahlend blau, kein Wölkchen schob sich vor die Sonne.

»Verdammter Klimawandel, das ist ja das totale

Aprilwetter heute«, schimpfte Elias. »Was für ein Scheißtag! Heute Morgen war unser Klo verstopft und ich musste meinem Vater helfen, die Sauerei zu beseitigen. Dabei hat er rumgebrüllt, als wäre es meine Schuld.« Lucy sah ihren Freund nachdenklich an. Wieder hörte sie die Stimme des Nachtwächters in ihrem Kopf. Sie schüttelte ihn, als könne sie die unangenehme Erinnerung so vertreiben. Das waren sicher nur dumme Zufälle.

Der Vormittag verlief ohne weitere Zwischenfälle. Als Lucy sich für das Schwimmtraining umzog, hatte sie die Ereignisse des frühen Morgens längst verdrängt. Sie duschte sich kurz ab und sprang mit einem Köpfer ins Wasser. Schnell zog sie ihre ersten Bahnen, spürte wie die Muskeln sich erwärmten und genoss das Gefühl, wie ihr Körper immer leichter und schneller wurde. Hier war sie ganz in ihrem Element. Seit sie ein Kind war, hatte sie sich im Wasser am wohlsten gefühlt. Am schönsten war es natürlich, im Meer zu schwimmen, aber selbst hier im Heslacher Schwimmbad, wo es immer dezent nach Chlor roch, fühlte sie sich wie zu Hause. Konni war jetzt ebenfalls im Wasser und zog hinter ihr in beachtlichem Tempo heran. Sofort erwachte ihr Kampfgeist. Das war eine unausgesprochene Aufforderung für ein kleines Wettrennen. Sie blickte kurz nach hinten, dann zog sie die Geschwindigkeit an. Konni nahm die Herausforderung an und erhöhte ebenfalls das Tempo. Am Ende der Bahn vollzog sie eine elegante Rollwende, was ihren Vorsprung erneut vergrößerte. So leicht ließ Konni sich allerdings nicht abschütteln, er war jetzt sehr dicht hinter ihr. Plötzlich hörte sie ihn aufschreien. Lucy stoppte und drehte sich zu ihm um, sah ihn wie verrückt strampeln. Verzweifelt riss er die Arme nach oben. Er musste einen Krampf haben. Wenn Lucy es nicht besser gewusst hätte, sie hätte geschworen, dass etwas versuchte, ihn unter Wasser zu ziehen. Max, ihr Schwimmtrainer, war sofort ins Wasser gesprungen und hatte Konni in den

Rettungsgriff genommen. Lucy schwamm neben ihnen her und half Max, ihren Freund aus dem Wasser zu ziehen. Konni atmete schwer. Die gesamte Schwimmmannschaft hatte sich um ihn versammelt, alle riefen aufgeregt durcheinander. Lucy saß mit angewinkelten Knien am Beckenrand und starrte aufs Wasser. Es kam ihr plötzlich ziemlich unheimlich vor.

***

In den folgenden Tagen spitzten sich die Ereignisse zu. Obwohl es mitten im Sommer war, hatte der Neckar seit zwei Tagen Hochwasser. Die städtischen Meteorologen standen vor einem Rätsel. Zudem spielten nachts immer wieder die Straßenlaternen verrückt und ganze Stadtteile lagen im Dunkeln.

Rosalie und Walli hatten von der wackeren Ratte mittlerweile erfahren, wer die jugendlichen Übeltäter waren, die den alten Jockel so in Rage versetzt hatten. Wie der Zufall es wollte, stellte sich dabei heraus, dass der Kater Samy im Haus des Mädchens lebte. Doch was konnte er schon tun, um sie und ihre beiden Freunde vor den Attacken des mächtigen Brunnengeistes zu beschützen? Er war nur eine Katze. Jedes Mal, wenn er miauend um Lucys Füße strich, um sie über die Gefahr zu informieren, dachte die, er sei schon wieder hungrig und füllte seinen Napf. Das war ein schöner Nebeneffekt, den Samy den beiden strengen Geisterladys tunlichst verschwieg. Weniger schön war, dass Lucy mittlerweile ein wenig müffelte, weil die Dusche jedes Mal verrücktspielte, wenn sie sich darunter stellte. Samy hatte deswegen seinen Lieblingsplatz in ihrem Bett aufgeben müssen. Auch das Schwimmtraining schwänzte Lucy seit dem Vorfall mit Konni.

Die drei Freunde trafen sich am Nachmittag bei Lucy, um ein bisschen auf der Playstation zu zocken. Samy lag auf dem Schreibtischstuhl und putzte sich ausgiebig. Irgendwer musste hier ja die Fahne in Sachen Körperpflege hochhalten. Wo kam man denn sonst hin?

»Habt ihr heute kein Training?«, fragte Elias, während er mit dem Controller seinen Dunkelelf durch dichtes Gestrüpp manövrierte. Lucy und Konni tauschten einen kurzen Blick. Auch Konni hatte seit dem Vorfall im Wasser keine Lust mehr auf Schwimmen gehabt.

Lucy, die gerade dabei war, Elias' Elf mit gezielten Schwerthieben zu attackieren, ließ mitten im Kampf den Controller sinken und sah ihre Freunde an: »Leute, auf die Gefahr hin, dass ihr mich für verrückt haltet – findet ihr nicht, dass seit dem Abend am Brunnen eine Menge komischer Sachen passiert sind?« Die beiden Jungs musterten sich verstohlen. Keiner wollte der erste sein, der es zugab. Schließlich fasste sich Elias ein Herz: »Ich hatte schon den gleichen Gedanken. Außerdem höre ich jedes Mal, wenn ich dusche, diese komische Stimme in meinem Kopf. Wie an dem Abend am Brunnen.« Etwas unsicher schielte er zu Konni. Sicher würde der gleich loslachen und ihn ein Weichei nennen. Doch zu Elias' Erstaunen war Konni ganz blass geworden. »Das Wasser wird euch verfolgen«, flüsterte er. Die drei starrten sich erschrocken an.

Samy, der so tat, als würde er tief und fest schlafen, wackelte mit einem Ohr. Das war ja großartig! Von allen drei Übeltätern musste er bei derjenigen wohnen, deren Dusche verrücktspielte. Ein paar schöne Visionen wären ihm lieber gewesen, dann könnte er wenigstens wieder zurück zu seinem warmen Plätzchen im Bett.

***

In dieser Nacht wurden Rosalies und Wallis schlimmste Befürchtungen wahr: Der Brunnenrat trat zusammen. Wie immer traf man sich des nachts in der Staatsoper. Dort

hatte jeder der Brunnengeister schon seinen Stammplatz.
Die Geister der großen Brunnen hatten es sich wie selbstverständlich im Parkett gemütlich gemacht, allen voran die
Grafen, die sich zu diesem Anlass in ihre schicksten
Gewänder gekleidet hatten. Konstantin trug einen Hut, den
eine riesige Straußenfeder schmückte, so dass Hansi, der
etwas einfältige Geist des Hans-im-Glück-Brunnens, der
hinter ihm saß, dauernd niesen musste. Frederik hingegen
hatte so viele Ketten um den Hals, dass er bei jeder Bewegung klirrte wie ein Glas voll Murmeln. Die Geister der
kleineren Brunnen nahmen traditionell weiter hinten Platz.
Die letzten Reihen wurden von den jungen Geistern besetzt,
deren Brunnen erst nach der letzten Jahrtausendwende er-
baut worden waren. Viele der älteren Geister belächelten
sie milde. Geister, die in Wasserspielen, Sprudlern und glatten
Betonpfeilern hockten? Das hatte weder Stil noch Klasse,
da war man sich einig. Die modernen Geister wurden eher
geduldet als respektiert. Man erwartete keine Wortmeldun-
gen von ihnen, dessen waren sie nicht würdig. Was wussten
die jungen, verspielten Dinger schon von dieser Stadt?

Rosalie und Walli hatten unterwegs ihren alten Freund
Dietmar eingesammelt, auch bekannt als der Heslacher
Hocker vom Erwin-Schöttle-Platz. Er hasste es, seinen
Brunnen zu verlassen, jede Form von Bewegung war ihm
ein Gräuel. »Scho wieder? Des ledschde Mol isch doch ko-
ine fünf Johr her«, maulte er, während er den Freundinnen
zum Schloßplatz folgte. Als sie in den Saal schwebten, wurden sie wie immer freundlich von Valentin empfangen. Er
bewohnte den Schicksalsbrunnen vor dem Theater und
hatte somit quasi das Hausrecht. Er ließ es sich nicht
nehmen, jeden einzelnen Geist persönlich willkommen zu
heißen. Für ihn war das Zusammentreffen des Rats die
reine Freude: »Rosalie, sei gegrüßt. Deine Weisheit ist sehr
willkommen in dieser schwierigen Stunde.« Er blickte sie
ernst an und hauchte zwei theatralische Luftküsschen in

ihre Richtung, bevor er begeistert kreischte: »Walli, du siehst ja fantastisch aus. Ich muss unbedingt mal wieder von deinem Wasser naschen, das scheint ja ein wahrer Jungbrunnen zu sein.« Neckisch kniff er sie in die Wange. »Und da ist ja auch der Dietmar. Komm, lass dich drücken, du alter Stubenhocker! Herein, herein. Husch, husch, schnell auf eure Plätze. Es geht gleich los!«

Obwohl auch Rosalie als Ältester ein Sitz in der vordersten Reihe zustand, zog sie es vor, zusammen mit ihren Freunden etwas weiter hinten Platz zu nehmen. So konnten sie ohne Probleme über den Straußenhut zur Bühne blicken, wo die vier Vorsitzenden des Rates Platz nehmen würden. Rosalie ließ sich neben Ernst nieder, der schon jetzt leise vor sich hin schnarchte. Walli rümpfte die Nase: »Puh, der ist ja immer noch betrunken.«

»I hen den no nie nüchtern gsea«, brummte Dietmar.

»Es ist nicht seine Schuld, dass die Cannstatter immer literweise Wein durch ihn hindurch schleußen. Der arme Kerl! Ich will nicht mit ihm tauschen.« Rosalie blickte Ernst bedauernd an.

Valentin hatte nun die Lichter gedimmt, ein Zeichen dafür, dass es gleich losgehen würde. Wie aufs Stichwort öffnete sich die Tür. Alle Köpfe drehten sich Richtung Eingang.

»Typisch Gala. Braucht immer ihren großen Auftritt«, schimpfte Walli leise. Rosalie lächelte milde. So war sie nun mal, die große Galatea. Sie wusste, wie man sich in Szene setzte. Ihr Brunnen stand am schönsten Platz der Stadt, auf dem Eugensplatz, wo sich im Sommer die Menschen tummelten, um das leckere Eis vom gegenüberliegenden ›Pinguin‹ zu naschen und den atemberaubenden Blick über Stuttgart zu genießen. Gala schwebte elegant durch den Saal, wobei sie sich alle Zeit der Welt nahm, sich in den bewundernden Blicken der Jungbrunnen in den letzten Reihen zu sonnen. Sodann grüßte sie königlich nach links und rechts, nicht ohne einigen Auserkorenen generös ein

Luftküsschen entgegenzuhauchen. Valentin verdrehte hinter ihr genervt die Augen, doch Gala ließ sich nicht stören. Erst nachdem sie die Grafen begrüßt hatte, die sich fast dabei überschlugen, sie mit Komplimenten zu überhäufen, ließ sie sich endlich zwischen den beiden Brüdern nieder. Die Straußenfeder kitzelte nun in Emils Nase, dem Hüter des Gänsepeterbrunnens, und auch Rosalie hatte jetzt freie Sicht zur Bühne.

Endlich kehrte Ruhe im Saal ein, nur Ernst rülpste zweimal leise im Schlaf. Nun betraten die Vorsitzenden des Rates die Bühne. Allen voran Klara, die alle für ihre Weisheit und Besonnenheit schätzten. Bis auf Zera, die mit verkniffenem Gesicht sehr dicht hinter Klara schwebte. Gleichauf wäre gut, vorneweg noch besser. Zera bewohnte den Ceresbrunnen in der Markthalle, der im Krieg – einer dummen Sache, die die Menschen immer wieder aufs Neue anzettelten – zerstört worden war. Klara hatte ihrer Freundin ohne Zögern Unterschlupf im Marktbrunnen gegeben. Zuerst hatten sich die beiden dort eine schöne Zeit gemacht und sich blendend verstanden. Doch der Wiederaufbau des Ceresbrunnen hatte sich in die Länge gezogen, und die Stimmung im Marktplatzbrunnen war von Nacht zu Nacht frostiger geworden. Mittlerweile gingen sich Klara und Zera schon gegenseitig auf die Nerven, wenn sich eine von ihnen nur räusperte. Sie platzierten sich möglichst weit entfernt voneinander. Valentin und Ata, die das Spiel schon kannten, nahmen zwischen den beiden Platz. Ata lebte im Pallas-Athene-Brunnen und fühlte sich wie die griechische Göttin dazu berufen, die Stadt zu beschützen. Sie machte ein ernstes Gesicht, als sie ihren Blick über die Anwesenden schweifen ließ. »Er ist also nicht gekommen?«

»Das war zu erwarten«, antworte Klara. Zera verzog verärgert das Gesicht. »Man muss nicht immer vom Schlechtesten ausgehen.«

»Gut, es ist, wie es ist«, ergriff Valentin schnell das Wort.

»Wer hat einen Vorschlag, wie wir Jockel wieder zur Vernunft bringen können?«

»Vielleicht könnte Gala mit ihm reden? Sie kennt ihn doch am besten?«, schlug Zera vor.

Klara und Gala sprangen gemeinsam auf und machten empörte Gesichter. Klara schüttelte abfällig den Kopf und überließ Gala das Wort.

»Wieso soll ich mich darum kümmern? Wir haben seit sechsundsechzig Jahren kein Wort miteinander gewechselt. Er ist nicht meinetwegen wütend!«

»Irgendwie schon«, flüsterte Walli so leise, dass nur Rosalie es hören konnte. »Bevor sie ihm das Herz gebrochen hat, war er nicht so ein alter Miesepeter.«

Frederik erhob sich klirrend und reckte die behandschuhte Faust in die Luft. »Ich könnte ihn mir vorknöpfen!« Sofort sprang auch Valentin auf. »Er soll auch meine Faust spüren!« Die Straußenfeder wippte kampfeslustig. Die Vorsitzenden des Rates warfen sich ratlose Blicke zu. Im Saal herrschte betretenes Schweigen. Ernst kicherte betrunken vor sich hin.

»Noch andere Ideen?«, rief Valentin schließlich.

Rosalie hob die Hand. Valentin schenkte ihr ein dankbares Lächeln.

»Walli und ich konnten herausfinden, wer die Übeltäter sind, die Jockels Brunnen mit Farbe besprüht haben. Es sind drei Kinder, die sich einen dummen Streich erlaubt haben. Sie wollten nichts Böses, es war einfach nur ein bisschen dumm. Wir haben jemanden direkt an der Quelle.« Anmerkendes Gemurmel erhob sich. Nur die Grafen schmollten.

»Sprich weiter«, forderte Ata sie auf.

»Wir denken, dass Jockel nur aufhören wird, wenn die Personen, die ihn beleidigt haben, ihm ihren Respekt erweisen.«

»Du meinst, sie sollen die Sauerei wieder wegmachen?«, fragte Klara.

Rosalie zögerte. »Ich bin nicht sicher, ob es damit schon getan ist. Der Brunnenverein wird die Sauerei früher oder später ohnehin beseitigen. Das sind gute Leute, sie sorgen seit Jahren für uns.«

»Ein Hoch auf den Brunnenverein. Das sollte doch einen Applaus wert sein«, rief ein junger Sprudler und begann enthusiastisch zu klatschen. Die älteren Brunnengeister starrten ihn böse an. Nur Dietmar erhob sich – und das tat er höchst ungern – und fiel in den Applaus ein. Schließlich schlossen sich auch die anderen an. Rosalie grinste. Ihr gefielen diese jungen Dinger. Sie versprühten noch jugendliche Begeisterung und sie schienen auch nicht heillos untereinander verstritten zu sein. Seite an Seite bevölkerten sie die hinteren Reihen. Rosalie spürte ihre quirlige Energie und fühlte sich kurz an ihre Zeit als Jungbrunnen erinnert. Das waren noch Zeiten gewesen, damals vor achthundert Jahren in Esslingen. Es fühlte sich an, als wäre es gestern gewesen, als sie …

»Rosalie?« Walli stupfte sie energisch in die Seite. Na, so was, für einen Moment war sie ganz woanders gewesen.

»Was ich vorschlage?«, fragte sie, da das logischerweise die Frage war, auf deren Antwort der ganze Saal so gespannt wartete. Valentin nickte ein wenig ungeduldig.

Rosalie räusperte sich. Sie hatte sich lange mit Walli beraten, aber eine bessere Lösung war ihnen nicht eingefallen. Sie richtete ihren Blick auf Gala, wohlwissend, dass ihr Rosalies Vorschlag ganz und gar nicht gefallen würde.

»Jockel wäre sicher besänftigt, wenn sein Brunnen wieder vollständig wäre.«

Gala schnappte empört nach Luft. Sie zog einen Fächer aus ihrer Tasche und begann wild damit herumzuwedeln. Sofort sprangen auch die Grafen auf und blickten empört, obwohl sie vermutlich keine Ahnung hatten, wovon Rosalie sprach.

»Natürlich!«, rief Ata. »Die zwei Rosen.«

»Die hat er mir geschenkt! Sie gehören mir. Ihr habt kein Recht, sie mir wegzunehmen.« Gala schniefte theatralisch. Konstantin reichte ihr sofort ein besticktes Taschentusch. Frederik funkelte Rosalie böse an und schüttelte abfällig den Kopf.

Valentin klatschte in die Hände: »Das scheint mir ein guter Vorschlag zu sein. Besser als alles andere, was ich bisher gehört habe. Hat jemand noch weitere Ideen?«

Niemand rührte sich.

»Nein!«, rief Gala. »Das könnt ihr nicht einfach so über meinen Kopf weg beschließen! Das ist Diebstahl.«

Klara erhob sich und schwebte zu Gala hinunter. »Aber meine Liebe. Du bekommst hier die einmalige Chance, deiner Stadt einen großen Dienst zu erweisen. Durch deine Großzügigkeit und Güte können wir alle wieder zur Ruhe kommen. Du kennst den alten Jockel doch. Er wird nicht so schnell aufhören. Du willst doch sicher nicht, dass diese armen Kinder zu Schaden kommen, oder?«

Es war jetzt sehr still im Saal. Gala schniefte erneut. In ihren schönen Augen schwammen Tränen. Sie schien mit sich zu ringen. Hilfesuchend blickte sie erst Konstantin, dann Frederik an. Die Grafen waren sichtlich überfordert von der Komplexität der Lage und spürten, dass sie dieses Mal besser den Mund halten sollten. Betreten blickten sie zu ihren glänzenden Schuhen. Gala seufzte genervt und streckte die Brust vor, dann nickte sie. Mit einem strahlenden Lächeln wandte sie sich zum Saal: »Liebe Freunde und Freundinnen! Natürlich gebe ich die beiden Rosen, die der gute Jockel mir einst als Zeichen seiner Bewunderung aus seinem Brunnen brach, um die armen Kinder – ach, was sag ich da – die ganze Stadt vor seinem Zorn zu retten. So bin ich nun mal – völlig selbstlos!«

»Bravo«, rief Frederik und klatschte begeistert in die Hände. Nach kurzem Zögern fiel der ganze Saal ein. Der Applaus für den Brunnenverein hatte zwar etwas euphorischer geklungen, doch das schien Gala nicht zu stören. Königlich winkte sie in die Ränge. Walli schüttelte fassungslos den Kopf: »Sie ist unglaublich. Diese Dreistigkeit muss man fast schon bewundern.«

»Hauptsach, mir könnet jetzt wieder hoim ganga«, gähnte Dietmar.

»Ich fürchte, das wird noch ein Weilchen dauern«, antwortete Rosalie. »Ich muss mit Madame Selbstlos noch die Übergabe der Rosen besprechen. Und dann müssen wir Lucy und ihre Freunde auf die richtige Spur bringen.«

Walli nickte. »Zum Glück haben wir Samy.«

***

Samy saß in der folgenden Nacht vor dem Schenklinsbrunnen, neben ihm die Ratte. Offenbar hatten die beiden einen Waffenstillstand geschlossen. Rosalie und Walli zeigten ihnen die beiden metallenen Rosenknospen, welche sie zu Lucy bringen sollten. Die Ratte schnupperte neugierig daran. Samy legte seine dicke Pfote auf eine der Knospen und rollte sie lustlos hin und her.

»Die sind ziemlich schwer«, sagte die Ratte. »Wie habt ihr die denn hierherbekommen?«

»Zwei Füchse haben sie gebracht«, erwiderte Rosalie.

»Füchse?«, riefen die Ratte und Samy im Chor. »Das sind gemeine Biester!«, ergänzte Samy. Die Ratte nickte eifrig.

»Nun, sie fanden die Knospen nicht sehr schwer, oder, Walli?«

»Ganz und gar nicht«, entgegnete diese. »Und immerhin mussten sie sie aus dem Stuttgarter Osten hierherschaffen. Aber das waren ja auch zwei starke Mädels.«

Samy und die Ratte tauschten einen kurzen Blick. »Das kriegen wir schon hin«, sagte Samy und streckte die Brust vor. Jeder der beiden nahm eine der metallenen Rosen zwischen die Zähne, dann machten sie sich wie verabredet auf den Weg zu Lucys Haus. Rosalie und Walli sahen ihnen hinterher. Alle paar Meter fiel eine der Rosen scheppernd zu Boden. Die Ratte ging dazu über, sie mit den Pfoten vor sich her zu rollen. Auch als sie längst aus dem Sichtfeld der Brunnengeister verschwunden waren, war der Lärm, den sie veranstalteten, noch immer zu hören. Hier und da wurde ein Fenster aufgerissen und es ertönten wütende Schreie: »Ja Herrschaftszeiten, i ruf gleich die Polizei, wenn der Krach net sofort aufhört!«

***

Lucy hatte eine fürchterliche Nacht hinter sich. Der metallische Geschmack in ihrem Mund war widerlich. Wie immer hatte sie sich die Zähne mit dem rostbraunen Wasser putzen müssen, das neuerdings aus dem Hahn tröpfelte. Dann hatten sie schreckliche Albträume von Tsunamis und Überschwemmungen gequält, so dass sie schweißgebadet aufwachte. Sie sehnte sich nach einer Dusche, doch dem verdammten Ding war nicht zu trauen. Draußen waren es bestimmt schon wieder dreißig Grad. Noch im Schlafanzug trat sie in den Garten. Samy war offenbar auf der Jagd gewesen, er buddelte wie ein Verrückter an etwas herum. Was war das bloß? Eindeutig größer als die üblichen Mäuse. Er hatte hoffentlich keine Ratte in den Garten geschleppt?

»Samy, was hast du denn da?« Vorsichtig näherte sich Lucy dem dicken Kater. Normalerweise knurrte er böse, wenn sie versuchte, ihm seine Beute abzunehmen, doch heute blickte er sie nur erwartungsvoll an. Lucy kniete sich neben ihn nieder und streichelte ihm geistesabwesend über den Kopf.

»Wo hast du das denn her?«, flüsterte sie staunend. Zwei Rosenköpfe aus Metall lagen vor Samy auf der Wiese. Sie kamen ihr vage bekannt vor. Als sie eine der Rosen berührte, fühlte sie etwas, ähnlich einem elektrischen

Schlag. Vor Schreck kippte sie aus der Hocke nach hinten. Vor ihrem inneren Auge sah sie das Gesicht des düsteren Nachtwächters, der sie böse anblickte. Als nächstes sah sie den Brunnen. Er stand im gleißenden Sonnenlicht und wirkte ganz und gar nicht so bedrohlich wie bei ihrem letzten Besuch. Die roten Brüste der Nymphe waren ein echter Schandfleck und Lucy schämte sich schrecklich. Wie der Zoom einer Kamera fokussierte ihr Blick nun das Geländer des Brunnens. Da waren sie. Die metallenen Rosen in ihren Knospen. Doch zwei davon fehlten. Plötzlich schwindelte ihr, ihr wurde schwarz vor Augen und sie sank ins Gras. Erst als sie Samys raue Zunge auf ihren Wangen spürte, öffnete sie langsam und benommen die Augen. Der Kater schien sie fragend anzublicken. Lucy richtete sich vorsichtig auf und drückte ihren getigerten Freund an sich. »Oh Mann, Samy. Ich glaube, ich weiß jetzt, was wir tun müssen!«

Samy schnurrte begeistert. Er hatte seine Mission erfolgreich ausgeführt. Endlich war die Ratte wieder zur Jagd freigegeben. Heute Nacht würde sie ihr blaues Wunder erleben. Obwohl – jetzt, wo er darüber nachdachte, überkam ihn ein leichtes Bedauern. Irgendwie war sie ihm fast ein bisschen ans Herz gewachsen. Vielleicht würde er sie ja nur ein wenig erschrecken. Sie zu fressen fühlte sich plötzlich falsch an.

Lucys spitzer Schrei riss den Kater aus seinen Gedanken. Sie war panisch aufgesprungen, weil ohne Vorwarnung der Wasserschlauch angegangen war. Samy flitzte so schnell er konnte auf den Apfelbaum. Lucy stand in ihrem triefend nassen Schlafanzug im Garten und schüttelte sich. Dann brach sie in ein fast schon hysterisches Lachen aus: »Hey, Samy. Ich hab' endlich mal wieder geduscht. Wie findest du das?«

Samy fand, das war ein großer Fortschritt.

***

Am späten Abend hatten sich die drei Freunde in Lucys Zimmer versammelt. Die Jungs hatten zunächst ungläubig auf Lucys Geschichte mit den Rosen reagiert und warfen dem dicken Kater, der es sich auf dem frisch überzogenen Bett gemütlich gemacht hatte, argwöhnische Blicke zu.

»Wie hat Samy diese Dinger denn bitte in den Garten bekommen? Das geht doch nicht mehr mit rechten Dingen zu.« Konni lief unruhig im Zimmer auf und ab.

»Dein Ernst? Es geht nicht mit rechten Dingen zu? Da wäre ich jetzt gar nicht draufgekommen, du Genie!« Jetzt war auch Lucy aufgesprungen. »Dass wir hier ständig verbrüht, überschwemmt oder fast ertränkt werden, ist dann völlig normal für dich, oder was?«

Konni zuckte bei Lucys Wutausbruch zusammen.

»Lucy hat recht«, sagte Elias, der noch immer an der Bettkante saß und Samy hinter den Ohren kraulte. »Ich spreche einfach mal aus, was wir alle denken: Wir haben am Brunnen richtig Mist gebaut und wir sollten das schleunigst in Ordnung bringen!«

»Ach ja, und wie?«, rief Konni verzweifelt.

»Indem wir die Schmiererei wieder beseitigen und die Rosen zurückbringen. Wie auch immer sie hierhergekommen sind, sie gehören zum Brunnen. Irgendwer will offensichtlich, dass wir sie haben, um uns … ich weiß nicht … zu entschuldigen?« Elias hob die Schultern. Was er da sagte, klang völlig abstrus. Aber er hatte es satt, dass er mittlerweile nur noch grüne Kleidung besaß, seit die verfluchte Waschmaschine dazu übergegangen war, alle seine Klamotten einzufärben. Und zwar nur seine. Die seiner Eltern und Brüder waren völlig in Ordnung.

Lucy nickte entschlossen. »Ich sehe das genauso. Wir müssen es zumindest versuchen. Ich hab' auch schon nachgeschaut, wie wir die rote Farbe wieder abkriegen. Hier!«

Sie holte eine Dose aus ihrer Tasche. »Terpentin – hab' ich heute im Baumarkt besorgt. Sollen wir loslegen?«

Konni starrte sie entgeistert an: »Du meinst, heute Nacht?«

Lucy nickte grimmig. »Je eher wir diesem Spuk ein Ende bereiten, desto besser.«

Kurz vor Mitternacht saßen die drei in der U14 Richtung Rathaus. Sie waren schweigsam und in sich gekehrt. Keinem von ihnen war wohl beim Gedanken, gleich wieder vor jenem seltsamen Brunnen zu stehen und dem Nachtwächter gegenüberzutreten. Die Rosen und das Terpentin waren in Konnis Rucksack verstaut.

Als sie am Rathaus ankamen, regnete es wie aus Eimern.

»War ja klar«, schimpfte Konni.

»So sind wir wenigstens ungestört«, entgegnete Elias.

Mürrisch setzten sie ihren Weg fort, als Konni plötzlich von zwei vorbeilaufenden Kerlen unsanft von hinten zu Boden gestoßen wurde. Ehe er es sich versah, hatten die beiden seinen Rucksack gepackt und machten sich mit ihrer Beute auf und davon.

»Verdammt! Sie haben die Rosen!«, brüllte Konni und nahm die Verfolgung auf. Lucy und Elias sprinteten so schnell sie konnten hinterher. Die beiden Diebe rannten Richtung Rotlichtviertel. Sie waren ziemlich schnell und schienen sich in der Gegend gut auszukennen. Als sie plötzlich einen wilden Haken schlugen und in einer Gasse verschwanden, blieb Konni stehen. Schwer atmend blickte er sich um.

»Mist! Wo sind sie hin?« Er kramte nach seinem Handy, das er zum Glück zusammen mit dem Geldbeutel stets in der Hosentasche trug und leuchtete in die Gasse.

Lucy und Elias hatten ihn jetzt auch erreicht, doch von den Dieben fehlte jede Spur.

»So ein Mist, jetzt sind wir angeschmiert. Ohne die Rosen geht der ganze Plan nicht auf!«, fluchte Elias.

»Ehrlich, Alter. Das war doch eh völliger Schwachsinn.«
Konni kickte wütend einen Stein von sich weg. Es schepperte
gewaltig, als er eine Mülltonne traf.

»Lasst uns hier verschwinden. Wir fahren nach Hause
und überlegen uns was anderes«, sagte Lucy.

»Hey, wartet mal«, rief Konni. Er war zu den Mülltonnen
gelaufen und bückte sich. »Ich glaub's ja nicht!« Lachend
hielt er seinen Rucksack in die Höhe. »Die haben ihn
fallenlassen. Was für Trottel!«

»Ist ja irre!« Jetzt lachten auch Lucy und Elias. Schnell
wurden sie wieder ernst, als ihnen klar wurde, was das
bedeutete. Nun gab es keine Ausreden mehr: Sie mussten
den Plan durchziehen.

***

»Das war ein Spaß«, kicherte Rosalie. Sie blickte den drei
Freunden nach, die sich gegenseitig High Fives gaben, während sie die Gasse verließen.

»Du hast den Räubern einen wahrlichen Schrecken
eingejagt, meine Liebe«, kicherte Walli. »Hui Buuh … ich
bin das Schlossgespenst«, jaulte Rosalie. »Das war auch
nicht schlecht.« Walli grinste. »Die werden so schnell
keinen mehr bestehlen.«

Rosalie zuckte die Schultern. »Vielleicht. Ist aber nicht
unser Problem. Lass uns unseren Übeltätern folgen, sonst
machen sie den nächsten Blödsinn.«

»Gut, dass wir mitgekommen sind. Ohne uns wäre hier
schon Schluss mit lustig.« Walli hob die Hand. Rosalie
blickte sie fragend an. Dann grinste sie und gab ihrer Freundin
ein ordentliches High Five. Man musste schließlich mit der
Zeit gehen!

Als die beiden Freundinnen am Nachtwächterbrunnen
ankamen, waren Lucy, Elias und Konni gerade dabei, einen
Lappen mit Terpentin zu tränken. Es stank ganz fürchterlich.

Hatten diese Idioten etwa vor, die schöne Nymphe mit diesem Teufelszeug einzureiben? Wozu hatten sie ihnen denn bitte die Rosen geschickt?

Plötzlich ertönte ein lautes Grollen.

»Verdammt, er ist wach«, raunte Walli. Rosalie hielt vor Schreck die Luft an. Sie hatte den alten Jockel seit vielen Jahrzehnten nicht gesehen, aber er war noch genauso furchteinflößend, wie sie ihn in Erinnerung hatte. Der riesige Hut verbarg sein Gesicht nur halb. Rosalie konnte seine vor Wut zusammengekniffenen Lippen sehen. Plötzlich hob er den Blick und starrte sie direkt an.

»Was wollt ihr hier, ihr verdammten Weiber? Das ist nicht euer Viertel, ihr habt hier gar nichts verloren!«

»Wir ... äh ... also ... wir sind nur hier, weil …«, stotterte Walli.

Jockel schwebte nun direkt vor ihnen und leuchtete mit seiner Laterne direkt in ihre Gesichter. »Was habt ihr mit diesem Gewürm da unten zu schaffen?«, fauchte er.

»Sie stehen unter unserem Schutz.« Dies zu sagen, kostete Rosalie allen Mut, den sie aufbringen konnte.

»Unter eurem Schutz? Dass ich nicht lache. Ich werde sie in den Neckar jagen, wenn mir danach ist. Was wollt ihr dann tun?«

Walli entwich ein leichtes Wimmern. Rosalie blieb stumm. Jockel noch weiter zu provozieren, würde die Sache nur schlimmer machen. Sie wechselte die Taktik: »Hör mir zu. Diese Kinder haben etwas Dummes gemacht. Sie sind hier, um es wieder gut zu machen.«

»Indem sie mit einem stinkigen Lappen an meiner Nymphe herumwischen? Ich schwöre euch, sobald das Ding meinen Brunnen berührt, bricht hier die Hölle los.«

Rosalie blickte panisch zu Konni, der sich mit besagtem Lappen dem Brunnen näherte. Sie dachte darüber nach, ein kleines Manöver zu fliegen und ihm das Ding aus der Hand zu schleudern, aber Jockel hatte sich wütend vor ihr und Walli aufgebaut und versperrte ihr den Weg. Was konnten sie tun?

»Was ist das?«, rief Jockel plötzlich und zeigte auf Lucy. Das Mädchen war hinter dem Brunnen verschwunden. Rosalie und Walli folgten Jockel. Würde er Lucy angreifen? Was hatten sie sich nur dabei gedacht, hier nur zu zweit aufzutauchen? Sie hätten sich Verstärkung mitbringen sollen. Aber Dietmar hatte sich geweigert und verkündigt, er werde seinen Brunnen frühstens in dreißig Jahren wieder verlassen.

Lucy hielt eine der Rosen in ihrer Hand und schraubte sie vorsichtig in die leere Blüte.

»Das kann nicht sein. Woher hat dieses Mädchen meine Rose?« Alle Wut war aus Jockels Gesicht verschwunden. Er blickte staunend zwischen Lucy, die nun auch die zweite Rose an ihren angestammten Platz zurückschraubte und den beiden Brunnengeistern hin und her.

»Wie kann das sein?«

Rosalie legte Jockel sanft die Hand auf die Schulter: »Gala schickt dir diese Rosen als Zeichen der Entschuldigung.«

»Für die Taten dieser Kinder?«, staunte Jockel. »Sie hat in all der Zeit noch nie etwas Selbstloses getan.«

»Die Zeiten ändern sich«, sprach Rosalie. »Kannst du ihnen vergeben?«

Jockel schien zu zögern. Rosalie hielt seinen Blick fest: »Kannst du Gala vergeben?«

Er senkte langsam den Kopf. Seine Stimme war nur ein Flüstern und er klang unendlich traurig. »Das hab' ich doch schon längst. Ich hoffe, sie vergibt mir auch.«

Rosalie und Walli blickten sich an. Dann nickte Rosalie Jockel zu: »Ganz bestimmt!«

Lucy hatte ihr Werk inzwischen vollendet. Elias machte gerade mit seinen Händen eine Räuberleiter und Konni kletterte mit seinem terpentingetränkten Lappen zu der beschmierten Nymphe empor. Rosalie entfuhr ein erschreckter Schrei. In diesem Moment begann das Wasser des Brunnens blau zu schimmern und zu blubbern. Wie von Zauberhand wich die rote Farbe vom Körper der Nymphe.

Konni fiel vor Schreck vom Rand des Beckens und landete unsanft auf seinem Hintern. Elias hatte seinen Arm schützend um Lucy gelegt.

Jockel war einmal um seinen Brunnen herumgeschwebt, hatte die Rosen zärtlich berührt und befand sich nun direkt über den Köpfen der verängstigten Freunde.

»Ich nehme eure Entschuldigung an. Und jetzt macht, dass ihr wegkommt!«

Das ließen sich die Kids nicht zweimal sagen. Reichlich kopflos traten sie die Flucht an.

Rosalie und Walli atmeten erleichtert auf. Sie hatten es geschafft. Der Friede war wiederhergestellt.

»Darf ich euch ein Gläschen aus meinem Brunnen anbieten?«, fragte Jockel.

***

Ein paar Nächte später saßen Rosalie und Walli auf dem Ochsenbrunnen und genossen die laue Nacht. Sie stießen mit einem leckeren Schluck Wasser an, dieses Mal aus dem Pallas-Athene-Brunnen. Sie hatten aus zahlreichen Brunnen kleine Gaben erhalten. Das war die Art der Brunnengeister, sich bei ihnen für ihren Einsatz zu bedanken.

»Das schmeckt irgendwie süßlich. Wie Trauben, oder?« Walli nahm einen winzigen Schluck und ließ ihn lange in ihrem Mund kreisen. Rosalie nickte. »Sehr bekömmlich. Das Wasser von Hansi hatte eher eine herbe Note. Das heben wir uns lieber für den Winter auf.«

Walli kicherte: »Welchen Winter meinst du? In fünf oder in zehn Jahren?«

»Nimm es mir nicht übel, aber ich werde die nächsten zehn Jahre schlafen wie ein Kätzchen.«

Walli nickte zustimmend. »Wollen wir noch das Wasser der Grafen verkosten?«

Rosalie schüttelte mit gespielter Entrüstung den Kopf. »Aber Walli. Solch edle Tropfen verlangen nach einem besonderen Ereignis. Die können wir nicht einfach so in uns reinkippen.«

»Du meinst sowas wie Silvester oder eine Sommersonnenwende?«

»Ich meinte eher sowas wie den Beginn des nächsten Jahrtausends.«

Kichernd stießen die Freundinnen an. Dann schwiegen sie für eine lange Zeit. Es gab nichts Schöneres als diese herrliche Stille.

Der Tunnel

Johanna Schließer

Der Tunnel

S ie hörten laut Eminem, seitdem sie in den silbernen Golf eingestiegen waren. Noah zog die Ray Ban etwas den Nasenrücken runter, drückte den Knopf an der Beifahrertür, die Scheibe verschwand zusehends nach unten. Die Hitze der bald endenden Sommertage strömte durch die Öffnung ins Fahrzeuginnere.

Simon lachte. »Alter, du bist ein verdammter Poser.«

Noah grinste. »So wie bei Call of Duty. Stell dir das vor. Wir heizen durch so ein Kriegsgebiet und ballern auf alles, was nicht rechtzeitig in den Häusern verschwindet. BÄM, BÄM, BÄM.«

»Alter, du zockst echt zu viel.«

»Was soll ich sonst machen? Die Lehre ist sowas von assi. Der Ausbilder ist ein verdammter Drecksack. Ey, wir sind achtzehn und die nächsten fünfundvierzig Jahre jeden Morgen der gleiche Mist. Aufstehen, schaffen, nach Hause gehen, pennen. Das soll's sein? Stell es dir nur einmal vor. Wir könnten nach der Lehre zum Bund und dann ein Kriegseinsatz irgendwo auf der Welt. Da geht wenigstens was. Da ist das wahre krasse Leben. Überleben! Nicht so wie hier. Dort musst du die Arschbacken zusammenkneifen.«

»Da kriegste höchstens irgendwelche Krankheiten, das Essen ist kacke und andauernd beschießt dich jemand. Wenn du Pech hast, kommste als Krüppel zurück und vegetierst mit Sozialhilfe vor dich hin.« Simon drückte das Gaspedal, während sie vom Erwin-Schöttle-Platz die Schickhardtstraße hinauffuhren.

Noah formte eine Pistole mit beiden Händen und machte Schießgeräusche, als sie an der Bushaltestelle Schickhardtstraße vorbeifuhren. Einige der dort wartenden Schüler zeigten ihm den Mittelfinger. Die jüngeren gafften dem Wagen hinterher, als er links in den Schwabtunnel einbog und in der Röhre verschwand.

Dunkelheit umfing die Autofahrer. Vor ihnen blitzten zwei rote Lichter auf und erloschen sofort wieder.

»Alter, wie krass dunkel ist das hier.« Simon trat auf die Bremse. »FUCK!« Das Fahrzeug bebte kurz.

Noah schleuderte nach vorn und knallte mit dem Kopf an den Metallrahmen der Beifahrertür, als das Auto abrupt zum Stehen kam. »AU! Alta, was geht?« Etwas Feines rieselte auf die Frontscheibe, gleich darauf hörten sie ein Grollen. Finsternis.

»Oh, Scheiße. Meine Mutter bringt mich um«, jammerte Simon. »Wo kommt denn der Balken auf einmal her?« Er war ausgestiegen und hatte seine Sonnenbrille abgesetzt. Im Scheinwerferlicht erkannte Noah eine Holzkonstruktion. Die Wölbung des Tunnels war mit Tribünen gefüllt. Sie waren gegen einen der senkrechten Tragepfeiler gefahren. Er folgte dem Freund nach draußen.

»Nicht so schlimm. Gerade noch rechtzeitig gebremst. Nur ein bisschen gerammt.« Simon klang erleichtert. Er betrachtete die Stoßstange und den Scheinwerfer. »Aber, was …«

Mittlerweile hatte auch Noah die Sonnenbrille abgenommen. Immer noch dröhnte Eminem aus den Lautsprechern des Golfs, hallte in dem Gewölbe wider. »Das ist doch nicht der Schwabtunnel.« Er schaute sich um.

Ein weiteres Mal bebte die Erde, Sand oder etwas ähnlich Feines rieselte auch diesmal auf sie herab, als vor ihnen ein Lichtspalt das Dunkel durchbrach. Lautes Rufen und Schreie füllten den Tunnel. Der Lichtspalt wurde größer. Sie konnten eilige Schritte hören, die Rufe wurden deutlicher. Männer forderten die vor ihnen auf, weiterzugehen. Flüche mischten sich mit Beschimpfungen über Briten und Alliierte. Husten und andere menschliche Geräusche gesellten sich dazu, der Geruch nach Schweiß, Schmiermitteln und Tabak machte sich im Tunnel breit. Weiter vorne fiel ein schweres Tor ins Schloss.

»Des isch wieder a falscher Alarm«, raunte ein älterer Mann neben ihnen. Er klang müde. Sein Rücken war krumm, die Schultern hingen.

Erst jetzt hörten sie im Hintergrund das Heulen von Sirenen. »Falscher Alarm?« Noah schluckte. »Was für ein Alarm? Feuerübung?«

»Bisch net von hier, Jung.« Sie konnten das Gesicht des Mannes nur schwer im Dunkeln erkennen. Jemand hatte weiter hinten eine seltsam aussehende Laterne angemacht, die nur spärliches Licht in dem großen Gewölbe verteilte. Nach und nach gingen weitere an. Hauptsächlich ältere Männer in dunkler Arbeitskleidung standen mit ihnen im Tunnel. Viele hatten verschmierte Gesichter. Hier und da sah man ein Streichholz aufflammen. Der Zigarettenrauch war das einzig, das Noah in dieser Situation vertraut vorkam.

»Wo sind wir?«, platze es aus ihm heraus.

»Schduagard.«

Noah schlug sich mit der flachen Hand auf die Stirn. »Nein, ich meine. Was ist das hier?«

Die Männer um sie herum traten einige Schritte zurück, einer hob seine Taschenlampe. Simon packte seinen Freund an der Schulter. »Aus welchem Vintage-Laden hat der denn diese Funzel?«

»Halt die Klappe!«, zischte Noah.

Einer der Männer drängte sich zu ihnen hindurch. »Wos wella die Birschle?« Die Stimme war rau. Im Schein der Taschenlampe erkannten sie graue Bartstoppeln im dreckigen Gesicht eines alten Mannes. Seine Kleidung war dunkel und abgetragen, dazu verströmte er einen unangenehmen Mief nach Maschinenöl und Schweiß. »Wos schwätzet die?«

»Wolla wissa, wo sie sin«, antwortete ein anderer zögerlich.

Der Mief wurde stärker, als der Mann auf sie zukam. »Schtuagard.«

Noah spürte, wie Simon näher an ihn heranrückte. »Was haben die für ein Problem?«, flüsterte er, jedoch nicht leise genug.

Der Miefer schnaubte. »Problem. Ihr seid das Problem. Levi's, ja? Britische Spione oder Amis seid's. Deswegen stelln die Grasdackel so Froga.«

Simon sah an sich herunter. »Das ist doch nur ein T-Shirt.«

»Also doch Amis. Schmeisset sie naus! Wenn die Bomber kommen, dann erwischt's wenigstens die Richtiga.« Der Miefer lachte laut los, nach und nach stimmten die anderen ein.

»Was?« Noah schaute auf Simons Shirt. Weiß mit rotem Levi's-Logo, dazu die Jeans. »Fuck! Ich meine, Mist!«

»Was, Mist?«, fragte der Freund, als er von einem der Männer an den Schultern gepackt wurde. »Hey, was soll das? Finger weg. Was wollt ihr Spackos?« Simons Stimme hatte einen schrillen Klang. »Alter, was geht mit euch?«, rief er, während die Männer den Kreis enger um sie zogen und sie dabei zum einen Ende des Gewölbes drängten.

Auch Noah hatten sie an den Armen gepackt, zerrten ihn neben sich her. Er wehrte sich nicht. »Welches Jahr haben wir gerade? Bitte, Sie verstehen nicht. Hier läuft etwas unglaublich schief. Wir sind doch im Jahr 2004.«

Die Männer hielten kurz an. »Die willet uns verappln. Birschle, mir san im Krieg. Es isch September 1944«, erklärte einer mit kraftloser Stimme. »Drussa fallen da Bomba. Dahanna im Schwobtunnel lasst sie ons Arbeiter Schutz sucha, wenn die Sirenen heulet.«

»Wa ... wa ... was?«, schluchzte Simon. Er schaute auf seine Uhr, als ob er dort das Jahr ablesen könnte, seine Hand zitterte stark.

Noah schluckte, betrachtete die Gesichter der Männer, keiner jünger als sechzig. »Scheiße. Die Bomber. Zweiter Weltkrieg geht zu Ende. Wir werden bombardiert, auch Stuttgart. Verdammt, erst Vintage, T-Shirt und Fuck. Scheiß

Englisch. Dazu unsere Klamotten. Die müssen uns echt für Amis halten.« Er kramte in den Erinnerungen nach den Einzelheiten aus dem Geschichtsunterricht: Was hatte seine Großmutter von den Angriffen erzählt?

»Des isch jetzt euer Problem nimmer. Raus mit dem Gesockse. Spione sin des. In eurem Alter sin se alle aner Front.« Sie erkannten die Stimme des Miefers. Er musste der Anführer oder Vorarbeiter sein. Denn nach seinen Worten wurden sie wieder Richtung Ausgang gezerrt.

»Nein, warten Sie. Wir sind mit dem Auto in den Tunnel gefahren. Da drüben steht es. Wir können es beweisen«, rief Noah, während Simon sich gegen die Zugrichtung stemmte und die Männer laut beschimpfte. Er selbst drehte sich zu einem der Männer um, die ihn festhielten. »Schaut euch doch das Auto dort am Balken an. Wir kommen aus einer anderen Zeit. Keine Ahnung, was hier gerade passiert, aber wir sind keine Spione. Ich schwöre.« Eminem war verstummt, ohne dass sie es bemerkt hatten.

»Genau! Erklär's ihnen, Noah.« Simon schrie den Namen seines Freundes. Kurz blieb der Pulk mit ihnen stehen. Der Miefer kam wieder zu ihnen. »Welches Auto?«

Noah zeigte zu dem Pfeiler. Dort war nichts zu sehen, außer der massiven Holzkonstruktion, auf der einige Männer saßen oder lagen und rauchten. Köpfe wandten sich in ihre Richtung, aber nur kurz. Das Fahrzeug war verschwunden. »Was geht hier vor?«, fragte er, an niemand bestimmtes gewandt. »Wo ist der Golf?«

»Spione, i sags do«, raunte der Miefer.

»Wir sind keine Spione, Mann. Hast du jemals 'nen Ami oder Engländer so Deutsch sprechen gehört?« Noah riss sich los, schubste einen der Männer von sich. »Wir sind Deutsche.«

Unbeeindruckt rückten ihm die anderen auf die Pelle. »Uns egal, wer ihr seid's. Soll die SS entscheiden oder die Gestapo. Hauptsache, ihr verschwindet.« Es war wieder die müde Stimme des alten Mannes, die irgendwo aus der Männertraube kam.

»Jetzt wartet doch mal. Ihr könnt uns doch nicht hier rauswerfen. Da draußen bricht die Hölle los. Da kommen Bomber. Stuttgart wird an vielen Stellen zerstört werden. Ich will da nicht raus!«

»Was du nicht sagsch, Birschle.« Erneut der Miefer. »Weisch also doch Bescheid?«

Die Männer drängten sich näher an sie heran. Arme packten erneut nach ihren Handgelenken, Armen und Schultern. Sie wurden wie Schafe mitten in der Herde in die Richtung geschoben, die vom Leittier vorgegeben war. Simon schrie und bettelte. Noah hörte, dass er sogar weinte. Panik lag in der Stimme seines Freundes, als er die Männer anflehte, ihnen zu glauben: Sie könnten in seinem Geldbeutel nachschauen, dass sie keine Briten, geschweige denn Amis waren. Sein Flehen blieb ungehört. Man drückte sie durch die versetzt angebrachten Tore ins Freie. Schloss sie hinter ihnen. Frische Luft füllte ihre Lungen, ein durchdringendes Heulen ihre Ohren. Die Sirenen waren so laut, dass Noah sich die Ohren zuhielt, während Simon wie verrückt mit den Fäusten gegen das Tor hämmerte und mit den Füßen danach trat. Das Sirenengeheul wurde plötzlich von etwas anderem übertönt: Flakfeuer. »Die Karlshöhe! Dort waren die Flakgeschütze aufgestellt.« Noah machte einige Schritte vom Tor weg, schaute in den Himmel.

»Was?«, schrie Simon neben ihm. Er hielt sich ebenfalls die Ohren zu. Tränen rannen seine Wangen hinunter, seine Hände waren rot vom vielen Hämmern gegen die massiven Tore. Panisch schaute er sich um. »Hier ist niemand auf der Straße. Wir sind ganz allein. Wir werden sterben, Noah! Wie im richtigen Krieg.« Von neuem begann er, mit den Fäusten an das Tor zu hämmern. Die Geschütze und Sirenen schluckten das meiste von dem, was er gegen die

Schutzvorrichtung rief, dann schlug er nur noch mit der flachen Hand dagegen, weinte.

Noah presste die Zähne aufeinander, betrachtete die Fahrbahn und die umstehenden Häuser. Sie mussten von der Straße runter, bevor die Bomber kamen. Was hatte der Mann im Tunnel gesagt? September 1944, da kamen zwei Großangriffe der Royal Airforce über Stuttgart. Wenigstens einmal im Leben schien sich das Büffeln auf die Geschichtsarbeiten auszuzahlen. Sie mussten ein anderes Versteck finden. Er packte Simon am Arm, zerrte ihn von dem Tor weg. Hier öffnete ihnen niemand. Mit den Levi's-Klamotten und Sonnenbrillen sahen sie wirklich nicht einheimisch aus. Verdammt! Was machen wir nur? Das kann nicht wirklich passieren, oder?, dachte er. Er lief geduckt die Schickhardtstraße hinunter, an den Häusern entlang zurück Richtung Gymnasium. Vielleicht standen dort die Türen offen.

»Alter, wir sterben hier. Was ist das bloß für ein verfickter Film?«, brüllte Simon gegen die Sirenen und das Flakgeschützfeuer an.

Zu den Sirenen mischte sich ein Brummen, das zunehmend lauter wurde. Noah schaute ein weiteres Mal in den Himmel. Nichts. Wann sah man die Flieger? Als hätte ihm jemand einen guten Rat gegeben, beschleunigte er. Sie überquerten nach der Kurve zum Tunnel die Schickartstraße und rannten den Zaun entlang. Ohne Vorwarnung blieb Noah stehen. Simon prallte in seinen Rücken. »Was ist los?«

Der Freund antwortete nicht, sondern starrte auf die andere Seite des Zauns. Dort lag er, in kurzen Hosen, dreckigen Socken und einer dunklen Jacke, den ledernen Schulranzen hatte er immer noch in den Armen, als wolle er ihn festhalten, damit er nicht geklaut wurde. Die Beine leicht angewinkelt. Der Gesichtsausdruck mit dem weit offenen Mund, der leicht heraushängenden, lila angelaufenen

Zunge und den weit aufgerissenen Augen eine Mischung aus Furcht und Überraschung. Fliegen saßen auf den Lippen, in den Nasenlöchern und auf dem Weiß der Augen, umschwirrten den Rest des Kopfes. Und je genauer Simon das Gesicht des toten Jungen betrachtete, desto vertrauter wirkte es. Er schaute über die Schulter zu seinem Freund. Simon war weiß angelaufen, stierte die Leiche auf der anderen Seite des Zauns an. Jetzt spürte Noah dessen Hände, die sich in sein eigenes T-Shirt krallten. »Alter, der sieht aus wie ich.« Simons Stimme zitterte. »Was ist das für ein kranker Psychotrip, Noah? Der Typ sieht aus wie ich.«

Noah drehte sich zu ihm. »Alles gut, Simon. Das bist nicht du. Das ist der Schreck. Komm, wir müssen weiter.« Er zog Simon an der Leiche vorbei, nur um einige Schritte weiter eine zweite zu entdecken. Der Junge lag auf dem Rücken, die Arme von sich gestreckt, zwei Kladden lagen neben der einen Hand, er musste sie getragen haben, daneben ein Bleistift. Noah betrachtet das Gesicht, das in den Himmel starrte. Ungläubig beugte er sich vor, um es besser sehen zu können. Die Fliegen stoben auseinander, gaben den Anblick auf den Toten frei. Er schauderte, langsam und kalt lief die Angst seinen Rücken hinunter wie Schweiß nach einem langen Fußballtraining. Dieses leblose Gesicht war sein eigenes.

Simon zerrte an seinem Arm. »NOAH, DAS SIND WIR!« Sein Schrei war schrill, übertönte die Sirenen. Noah konnte sich nicht von dem Anblick losreißen. Wie konnte das sein? Auf dem Weg zur Schule erschossen oder von Granatsplittern erwischt? Konnte das Leben so schnell enden? Von jetzt auf nachher, alles vorbei. Einfach so. Tot. Ohne Deckung, ohne Gegenwehr? Die beiden waren nur zur Schule gelaufen, wahrscheinlich wie die Tage zuvor. Waren sie Freunde? Hatten sie gerade gelacht oder waren sie panisch weggelaufen vor den Bombern so wie sie selbst gerade? Warum kümmerte sich niemand um die Leichen?

Die Fragen schlugen in Noahs Geist wie Bomben ein, plötzlich, unkontrolliert und grausam. Er sah den dunklen Fleck unter dem Körper, getrocknetes Blut.

Endlich schaffte er es, sich von den Gedanken und der Leiche zu lösen. Ging weiter zum Eingang aufs Schulgelände. Sie betraten den Schulhof. Ein schwebender Durchgang verband dort das Hauptgebäude mit dem Dachstock der Turnhalle, wo sich schon zu ihrer Schulzeit das Lehrerzimmer befand. Zwischen den Bauten waren sie wenigstens von zwei Seiten abgeschirmt. Noah drückte die Klinke der massiven Holztür des Schulgebäudes. Verschlossen!

Simon sank auf die oberste Stufe in die Ecke und flennte laut. »Das wird unser Ende, Alter. Und du willst in den Krieg. Hier ist der Krieg.« Seine Schulter bewegten sich auf und ab. Er versteckte den Kopf zwischen den Armen.

Noah rüttelte an den Türen der Turnhalle. Zu! »Halt die Klappe, Simon. Weißt du, wann die schlimmsten Angriffe auf Stuttgart waren? Vielleicht hatte der Alte recht und es ist nur falscher Alarm. Oder die Bomber kommen gar nicht bis hier hin.«

»Alter, ich hatte 'ne Fünf in Geschichte.«

»Verdammt! Mist, Mist, Mist.« Noah hämmerte mit den Händen gegen die Eingangstür. Was, wenn Simon recht hatte? Würden sie hier sterben? Er spürte, wie seine Beine zitterten, das Herz schlug schnell und hart gegen den Brustkorb, schneller als er an diese verdammte Tür klopfen konnte, die Welt verschwamm vor den Augen.

»Hören Sie auf!« Die Stimme seines Freundes klang weit weg, verlor sich zwischen dem Sirengeheul, das jetzt verändert in seine Ohren drang. Jemand packte ihn an den Armen. Er hörte jemand anderen sprechen. Die Sirenen veränderten sich, hörten sich an wie ein Martinshorn. Verstummten vollständig. Alles verschwamm vor seinen Augen. »Simon, was passiert hier? Ist das Giftgas? Nein, das war doch im Ersten Weltkrieg. Ich kann alles nur noch unscharf sehen.«

»Er kommt zu sich.« Eine Frauenstimme. Noah versuchte, sich die Augen zu reiben. Das Tageslicht war einem bunten Treiben aus Rot und Blau gewichen. Er konnte die Arme nur etwas heben, erreichte die Augen nicht, alles tat weh und ein seltsamer Geschmack machte sich in seinem Mund breit.

»Der Airbag hat ihm ordentlich eins mitgegeben, aber keine Platzwunden. Wahrscheinlich Schleudertrauma. Bring mal 'ne Halskrause. Wahrscheinlich hat er sich beim Aufprall auf die Zunge gebissen, deswegen das Blut hier. Hey, Sie. Können Sie mich hören? Verstehen Sie, was ich sage?«

Er verzog das Gesicht und nickte. »Simon?«

»Ihr Freund ist bereits auf dem Weg ins Krankenhaus. Sie hatten einen Auffahrunfall. Der Bus vor Ihnen hat gewonnen.« Sie lachte. Endlich sah Noah klarer. Langsam nahm die Welt wieder Konturen an.

»Wie heißen Sie?« Die Frauenstimme gehörte zu einer Sanitäterin, vielleicht war es die Notärztin.

Noah schaute sie verwundert an. »Welches Jahre haben wir?«

Sie zog die Stirn in Falten. »Vielleicht wäre es besser, Sie sagen das mir.«

»Nein, welches Jahr haben wir? 2004, richtig?«

Sie nickte. »Sehen Sie mich doppelt? Ist Ihnen schlecht oder schwindelig?«

Noah schüttelte den Kopf. »Welches Jahr?«

»2004. Es ist der 12. September, wenn Sie es genau wissen wollen.«

Er atmete erleichtert auf. »Mein Rücken tut höllisch weh und meine Knie.«

Die Frau nickte. »Wir legen Ihnen eine Halskrause an. Nur als Vorsichtsmaßnahme, dann holen die Feuerwehrleute Sie aus dem Wagen. Alles andere schauen wir im

Krankenhaus an. Sie sind ungebremst in den Bus gefahren. Sind Sie alkoholisiert oder haben Sie andere Drogen oder Medikamente genommen?«

Das Kopfschütteln tat unbeschreiblich weh. Noah ließ es bleiben.

***

»Meine Eltern sind sowas von angepisst wegen des Autos«, jammerte Simon. Er trug eine Bandage am linken Handgelenk. Ein Überbleibsel des Unfalls. Nach einer Woche hatte man sie mit jeder Menge Prellungen und mit Halskrausen aus dem Marienhospital entlassen.

Der Wagen hatte einen Totalschaden, Achsenbruch. Bisher konnte nicht geklärt werden, warum der Bus grundlos im Tunnel stehen geblieben war, auch nicht, warum sie ungebremst aufgefahren waren. Von ihrem Erlebnis nach dem Aufprall hatten sie niemandem erzählt, aber seither kamen sie immer wieder an den Eingang des Bauwerks vonseiten des Gymnasiums. Der Verkehr verschwand im Schwabtunnel. Wie leuchtende Ameisen, die in ihren Bau marschieren, fuhren die Autos hinein. Noah schnaubte, betrachtete den Löwenkopf am obersten Punkt der Röhre. Er zog an seiner Kippe und ließ den Rauch langsam aus den Lungen. Er hatte eine zusammengerollte Mappe in der Hand, ein Kuli war drangeklippt. Seit ihrer Entlassung aus dem Krankenhaus suchten sie nach Spuren oder Zeichen, die ihr Erlebnis bewiesen oder zumindest erklären konnten. Dabei nahmen sie jede Kleinigkeit ins Visier. Ihre Smartphones waren voll mit Bildern von Steinen, Wandverfärbungen und den Figuren am Tunnel. Es dämmerte bereits an diesem Herbsttag, auch der heutige Abend war ohne Entdeckung geblieben.

»Denkst du, wir haben uns das alles nur eingebildet? Simon betrachtete die Bandage.

Sein Freund schüttelte langsam den Kopf, er hatte immer noch eine Halskrause um. »Wie wahrscheinlich ist es, dass wir beide exakt den gleichen Traum haben? Wie kann es sein, dass wir die gleichen Dinge erinnern?«

»Alter, das war so abgefahren. Wenn die mit uns keinen Drogentest gemacht hätten, hätte ich selbst einen gefordert.«

Noah lachte. »Du laberst einen Scheiß. Wusstes du, dass der Schwabtunnel im Zweiten Weltkrieg ein Schutzbunker war? Diese Holzkonstruktion und die Tore, an die du so gehämmert hast. Die hat es wirklich gegeben, auch die Arbeiter aus dem Stuttgarter Westen hatten damals hier Schutz gefunden. Das habe ich nachgelesen.«

Der Freund schüttelte den Kopf. »Ich hab's dir doch gesagt, ich hatte 'nen Fünfer in Geschichte.« Er schaute den anderen von der Seite an. »Was ist das eigentlich?« Er zeigte auf die Mappe mit dem Kuli.

»Ich breche die Lehre ab und gehe wieder zur Schule. Abi machen.«

»Was geht denn mit dir?«

Der Freund kratzte sich am Hals. Unter der Krause juckte die Haut. Es kam kaum Luft dran und die Ärzte hatten ihm gesagt, er müsse das Ding noch eine gute Woche tragen. »Ich will studieren. Geschichte und so.«

Der andere lachte los. »Na, klar! Gangster mit Doktortitel, Alter. In der Bude chillen und Call of Duty zocken, das willst du. Anstatt jeden Morgen um sieben im Betrieb zu stehen.«

Noah nahm einen weiteren Zug, bevor er die Kippe auf die Fahrbahn schnippte. »Nein, die Sache mit dem Krieg ist mir vergangen.«

Simon sah seinen Freund schweigend an. »Du willst das wirklich machen?«

»Ja, und ich will es verstehen. Ich will herausfinden, was an dem Tag mit uns passiert ist. Das war doch nicht alles Einbildung. Willst du nicht wissen, was mit uns geschehen ist?«

Der andere zuckte die Achseln. »Wäre schon krass, es herauszufinden, oder?«

Sie schauten in den Tunnel. Die einen Fahrzeuge kamen jetzt auch mit Licht aus der Röhre, blendeten die Fußgänger auf der anderen Seite der Straße, während die anderen als rote Punkte in den Berg fuhren. Für einen Augenblick tauchte ein Bus im Tunnel auf, verschwand wieder mit dem nächsten Augenzwinkern. Simon packte Noah am Arm. »Hast du das gesehen?«

»Ich wusste es. Dieser Tunnel ist irgendeine Art Portal. Komm!«

Der verwunschene Garten

Sabine Wälz

Der verwunschene Garten

C harlie hatte ihr Handy auf stumm geschaltet, während sie im Vaihinger Freibad ihre üblichen fünfzehn Bahnen geschwommen war. Danach war sie mit dem Rad zurück in den Stuttgarter Süden gefahren. Erst jetzt, nachdem sie die nassen Sachen auf die Leine gehängt hatte, nahm sie es wieder zur Hand. Das konnte ja wohl nicht wahr sein! Franz hatte ihr in den letzten drei Stunden über zwanzig Nachrichten geschickt. Unter anderem acht Sprachnachrichten, dabei wusste er doch genau, wie sehr sie die verabscheute. »Charlie, so kann es nicht enden. Lass uns bitte nochmal reden.«

»Charlie, ich liebe dich! Ich kann nicht ohne dich leben, bitte ruf mich zurück.« »Bitte melde dich, du kannst mich doch nicht einfach so aus deinem Leben werfen.«

Charlie blickte kopfschüttelnd in die gelben Augen ihrer Katze Missy, die wie eine Sphinx auf dem Fensterbrett saß. »Was stimmt denn nicht mit dem Kerl? Ich hab' ihm doch gestern klipp und klar gesagt, dass es vorbei ist. Du hast das auch gehört, oder, Missy?« Charlie stellte sich ans Fenster und strich der Katze sanft über den Kopf. Draußen dämmerte es bereits. »Franz ist ja ein netter Typ und ich mochte ihn wirklich. Aber er ist eine verdammte Klette und lässt mir einfach keine Luft zum Atmen. Ich brauche meinen Freiraum. Genau wie du.« Um ihre Worte zu unterstreichen, öffnete Charlie die Balkontür, damit Missy hinaus konnte, doch die Katze verharrte in ihrer grazilen Haltung, den Blick auf den magischen Garten gerichtet, der direkt auf der anderen Straßenseite lag: das Stuttgarter Lapidarium.

Charlie liebte es, von ihrem Schlafzimmer aus die steinernen Figuren zu betrachten, die quer über die Anlage verteilt waren. Besonders bei Vollmond bot der weiße Apollon einen göttlichen Anblick. Sie blickte zum Himmel. Oh ja, heute Nacht würde der Gott leuchten, nur für sie. Und natürlich für Missy, aber die zog es vor, nachts auf eigenen Pfoten durchs Lapidarium zu streifen, was Menschen natürlich strengstens untersagt war, wenn dort keine öffentlichen Veranstaltungen stattfanden. Charlie war erst einmal nachts dort gewesen. Sie war zusammen mit ihrem damaligen Freund über das Tor geklettert, aber dann waren sie fast erwischt worden. Diese Erfahrung brauchte sie kein zweites Mal.

Der wundervolle Garten war Charlies absoluter Lieblingsplatz. Oft nahm sie sich ein Buch und verbrachte den ganzen Nachmittag dort, völlig versunken, bis sie fast vergaß, wie laut und hektisch es in der Stadt da draußen zuging. Auch mit Franz hatte sie viele schöne Stunden dort verbracht. Während sie las, hatte er an seinen Songs gearbeitet. Kein Ort sei so inspirierend für ihn als Künstler, ohne Charlie hätte er ihn nie gefunden, dafür sei er ihr für immer dankbar. Diese Aussage war Charlie schon damals völlig übertrieben erschienen. In den Sommermonaten schafften es jeden Tag an die hundert Leute, diesen Ort zu finden, er war sogar bei TripAdvisor als eine der Top-Sehenswürdigkeiten der Stadt gelistet, Franz hätte das auch ohne sie hinbekommen. Wieso musste der Typ dauernd so übertreiben? Von allem ein bisschen weniger, dann wären sie vielleicht noch immer ein Paar.

Das Piepen ihres Handys riss Charlie aus ihren Gedanken. Sie musste gar nicht erst hinschauen, um zu wissen, dass auch diese Nachricht von Franz war. Sie sollte sie gar nicht lesen, es sich stattdessen mit einem Glas Wein auf dem Balkon gemütlich machen. Sie öffnete den Chat, immerhin keine Sprachnachricht. »Charlie, siehst du mich? Ich warte bei unserem Apollon auf dich.«

»Was zur Hölle macht der Spinner da?« Charlie kniff die Augen zusammen. Das war wirklich Franz. War er etwa ins Lapidarium eingebrochen? Was glaubte er, was er da veranstaltete? Und seit wann war das ihr Apollon? Vermutlich hielt er die ganze Aktion für eine große romantische Geste, wie in einer Hollywood-Romcom. Das war ja wieder mal saudämlich, ein typischer Franz, einer der Gründe, warum sie ihn in den Wind geschossen hatte. Fluchend schnappte sich Charlie die beige Strickjacke und schlüpfte in ihre Chucks. Sie würde der Sache jetzt ein für alle Mal ein Ende setzen.

***

Die Katze, die in ihrer jetzigen Inkarnation Missy genannt wurde, was alles in allem kein schlechter Name war, da er in ihren Ohren durchaus herrschaftlich klang, sprang vom Balkon in den Baum und kletterte anmutig in den Garten. Charlie hatte bereits die Straße überquert und machte sich daran, übers Seitentor zu klettern. Sie sah wütend aus und die Katze fand, dass es nicht schaden konnte, das Mädchen im Auge zu behalten. Charlie war schon seit vielen Jahren ihr Lieblingsmensch, da kümmerte man sich umeinander.

Im Laufe ihres unsterblichen Lebens hatte es viele Menschen gegeben und im Gegensatz zur weit verbreiteten Meinung waren Katzen durchaus loyal. Nur weil man freiheitsliebend und eigensinnig war, schienen manche Menschen zu denken, dass Katzen sich keinen Deut um einen scherten und im Gegensatz zu Hunden treulose Wesen seien. Das das war natürlich Blödsinn. Sie und ihresgleichen hatten einfach keine Lust, Befehle zu befolgen, denn das war schlichtweg würdelos. Aber wenn sie einem Menschen ihre Zuneigung schenkten, dann war die immer echt. Der echte Name der Katze, die Missy genannt wurde, war Bastet und sie war eine Göttin. Sie lebte nun schon eine gute

Weile bei Charlies Familie in dem hübschen Haus gegenüber dem magischen Garten. Sie hatte schon an vielen Orten dieser Erde gelebt, sie konnte sich nicht mehr erinnern, wo sie überall gewesen war. Ein Menschenleben war für Bastet nur ein Wimpernschlag. Sie blieb, solange es ihr gefiel, dann zog sie weiter, ließ sich von ihrem Gefühl leiten. Sie blieb nur an Orten, an denen sie Magie spüren konnte, alles andere langweilte sie zutiefst. Zuletzt hatte sie in den schottischen Highlands, zuvor in einem Tempel in Bangkok und davor in einem Wald in Island gelebt. Und nun war sie hier. Sie hatte schon mit Charlies Großmutter Käthe und auch ihrer Urgroßmutter Wilhelmine lustige Zeiten in der alten Villa gegenüber dem Lapidarium verbracht. Die Familie stand seit Generationen in ihrem Dienst, war in einer früheren Zeit sogar adelig gewesen und hatte selbstverständlich eine Großkatze in ihrem Wappen geführt. Bastet hatte sich hier ein recht behagliches Leben aufgebaut, in dem sie sowohl gut versorgt als auch angemessen verehrt wurde. Ihren göttlichen Einfluss nutzte sie seit Jahren, um ihren Schwestern und Brüdern in großen Teilen Europas ein sicheres und angenehmes Leben zu ermöglichen: gutes Futter, warme Schlafplätze am Kamin und eine Dienerschaft, die völlig vernarrt in ihre tierischen Gefährten war. Sie wünschte nur, sie könnte den Menschen die alberne Babysprache abgewöhnen, mit der sie den Intellekt ihrer Artgenossen zu beleidigen pflegten. Bisher mit mäßigem Erfolg. Niedlich und flauschig zu sein, brachte eben nicht nur Vorteile. Trotzdem lebten die meisten ihrer Schützlinge in Saus und Braus. Bastet hatte dafür gesorgt, dass der durchschnittliche europäische Katzenhalter (ein lächerliches Wort, jeder wusste, dass es genau andersherum lief) mehr Geld für die Pflege und Gesundheit seines felligen Gefährten ausgab als beispielsweise für soziale Zwecke. Lieber ließ man hierzulande einen ganzen Kontinent verhungern als den geliebten Stubentiger.

Bastet war stolz auf diese Leistung. Dadurch wurde die Katze in der heutigen Zeit wieder fast so sehr verehrt wie damals im alten Ägypten. Aber solche Zustände strebte die Göttin keineswegs an. Mit Schaudern dachte sie an die grausamen Blüten des damaligen Katzenkults zurück. Daran waren die verdammten Priester schuld gewesen, die mal wieder alles gründlich missverstanden und vermasselt hatten. Die Schwachköpfe waren auf die dämliche Idee verfallen, ihr zu Ehren Katzen zu opfern. Wie dumm konnte man sein? Ihre Artgenossen waren zu Tausenden getötet und mumifiziert worden. Dann bitte keine Verehrung, Dankeschön!

Als Bastet durch den nächtlichen Garten streifte, bemerkte sie sofort, dass etwas anders war als sonst. Normalerweise wurde sie von den Steinfiguren freundlich empfangen. Sie brachten ihr die Ehrerbietung dar, die ihr zustand. Stets blieb sie auf einen kurzen Plausch mit dem kleinen Windgott stehen, der das Talent besaß, seine täglichen Beobachtungen auf äußerst komische Weise zum Besten zu geben. In der Menschenwelt hätte er als Comedian einen Haufen Geld verdienen können. Aber Götter interessieren sich nicht für derlei Blödsinn. Die Katzengöttin spitzte die Ohren. Der Garten schien seltsam unbelebt. So müssen die Menschen ihn wahrnehmen, dachte Bastet. Die einzigen Geräusche kamen von Charlie und Franz, die leise diskutierten. Charlie hatte die Arme vor der Brust verschränkt und schüttelte immer wieder den Kopf. Anfangs hatte sie ruhig zu ihrem früheren Gefährten gesprochen, besänftigend, doch nun wurde sie immer energischer. Und Franz zunehmend verzweifelter. Sein Ton erinnerte Bastet an ein quengelndes Kind.

Charlie war die ganze Situation furchtbar unangenehm. Sie wollte nicht hier sein. Was, wenn die Schmittgerber aus der Wohnung unter ihr jetzt aus dem Fenster sah, und sie nachts mit einem Mann im Lapidarium herumstehen sah, direkt vor dem weißleuchtenden Apollon? Würde sie die Polizei rufen? Der alte Herr Specht, der um diese Zeit gerne mit seinem Zwergspitz Karl unterwegs war, ganz sicher. Sie sollte schleunigst hier verschwinden, bevor sie erwischt wurde. Lebenslanges Besuchsverbot in ihrem Lieblingsgarten, das wäre echt der Supergau. Doch Franz war wie Pattex, er ließ einfach nicht locker. Egal, was sie auch sagte, es schien an ihm abzuprallen. Er war mittlerweile beim Flehen und Betteln angekommen, was ungefähr so sexy war wie Ohrenschmalz. Was ging denn jetzt ab? Franz sank vor ihr auf die Knie und blickte aus tränenfeuchten Augen zu ihr auf. Wenn er mir jetzt einen Heiratsantrag macht, kleb ich ihm eine, fuhr es Charlie durch den Kopf.

Doch Franz hatte anderes im Sinn. Leise begann er zu singen, wobei er ihre Hand fest in seine nahm. Charlie blickte panisch zu den Häusern auf der anderen Straßenseite, wo sicher jeden Moment ein Fenster aufgerissen wurde. Franz hatte ihr während ihrer gemeinsamen Zeit eine Menge Songs geschrieben, aber der hier schoss echt den Vogel ab. Er hatte tief in der mythologischen Mottenkiste gewühlt, sang von unsterblicher Liebe und verglich sie mit der Göttin der Morgenröte, deren Gemälde sie erst neulich auf dem Deckengemälde im Schloss Solitude bewundert hatten.

Charlie hielt es einfach nicht mehr aus. Ziemlich unsanft entriss sie Franz ihre Hand und rannte Richtung Ausgang.

Franz entfuhr ein Schrei, der nach angeschossenem Tier klang. Auch er rannte, allerdings bergauf. Charlie blieb erstaunt stehen und sah ihm nach. Oben am Hang rannte er wie ein Besessener auf eins der steinernen Tore zu, dann quer über die Wiese, an deren Ende ein weiteres Steintor stand. Hinter dem lag, soweit sie wusste, eine Mauer. Was also hatte er vor? Mit dem Kopf gegen die Wand rennen?

Als Franz das zweite Tor erreichte, zuckte plötzlich ein Blitz vom Himmel. Seltsam, Charlie hatte gar keinen Donner gehört und der Himmel war sternenklar. Das Mondlicht tauchte das Lapidarium in ein schummriges Licht. Aber wo war jetzt Franz abgeblieben? Versteckte er sich hinter dem steinernen Torbogen, um ihr einen Schreck einzujagen? Wie kindisch war das denn? So langsam hatte sie genug von seinem Blödsinn. Trotzdem ging sie auf das Tor zu. Nur mal kurz nachsehen. Plötzlich schoss Missy aus dem Gebüsch und rollte sich vor ihr auf dem Rasen.

»Hey, du auch hier? Hast du Franz gesehen?« Charlie bückte sich, um Missy zu streicheln. Dann stieg sie über die Katze und wollte weitergehen.

Missy krallte sich an ihr Bein, was sie sonst nie tat.

Irgendwie spielen heute alle verrückt, dachte Charlie. Muss wohl am Vollmond liegen.

Missy fauchte, als sie einen Fuß unter den oberen Torbogen setzte. Charlie wollte eben mit ihr schimpfen, als sie plötzlich einen unheimlichen Sog spürte. Dann verschwamm die Welt um sie herum und sie hatte das Gefühl zu fallen.

***

Eos schwebte durch die Menge wie der junge Morgen, Hand in Hand mit ihrer jüngsten Eroberung. Franz war ein aufstrebender Musiker, der sich gern mit einer melancholischen Aura umgab, um der Welt seinen Tiefsinn zu demonstrieren. Mit diesem Look ließen sich Platten verkaufen. Eos genoss die bewundernden Blicke des Partyvolks, die ihr bestätigten, was für ein umwerfendes Paar sie abgaben. Nicht dass sie einen schönen Jüngling brauchte, um zu glänzen, immerhin war sie die Göttin der Morgenröte und Franz nur ein Sterblicher, den sie gerade erst auserkoren hatte, weil er ihre Schönheit im Angesicht Apollons beschworen hatte. Das kam dieser Tage nicht mehr so häufig vor, ihre letzten Liebhaber hatte sie auf Tinder kennengelernt. Daher hatte sie einfach nicht widerstehen können und den Jüngling durch das Portal gelockt. Zumal er sich nicht gerade in der besten Verfassung befand. Er war viel zu schön, um so traurig zu sein, weshalb sie ihn direkt auf diese Party geschleppt hatte.

Ein Konzert unter freiem Himmel, die schönste Frau des Universums an seiner Seite. Wer konnte da noch Trübsal blasen? Sie schenkte Franz ein Lächeln, das er ein wenig schüchtern erwiderte. Er war wirklich ein Traum. Sein Anblick ließ ihr Herz höherschlagen. Was für entzückende Grübchen. Und diese Wimpern, zum Niederknien. Er ließ ihr Herz höherschlagen. Franz schrieb all seine Songs selbst, das hatte sie schon in Erfahrung gebracht. Auch für sie hatte er aus dem Stand einen ersonnen, den er ihr leise ins Ohr gesungen hatte. Ein Engelsgesicht mit einer Stimme aus Samt – und an den Texten ließ sich ja noch ein wenig feilen. Eos fand sie bezaubernd, trotz ihrer jugendlichen Naivität. Daran konnte man arbeiten, sie kannte die richtigen Leute im Musikbusiness und gedachte, dafür zu sorgen, dass ihrem Auserwählten eine glänzende Zukunft als Musiker bevorstand. Sie würde an seiner Seite sein, sie konnte ihre gemeinsame Zukunft schon genau vor sich sehen. Endlich hatte sie den Einen gefunden. Sie hatte es so unendlich satt, sich immer und immer wieder zu verlieben. Das war so verdammt anstrengend, sie sehnte sich nach Stabilität.

An diesem ganzen Theater war nur die verdammte Aphrodite schuld. Alles war großartig gelaufen, bis diese Superbitch auf dem Plan erschienen war und sie mit dem Fluch belegt hatte. Und das nur, weil Eos ein kleines bisschen mit deren Liebling Ares angebändelt hatte. So toll war der Kerl im Übrigen gar nicht, nichts weiter als eine hirnlose Kampfmaschine. Aber Aphrodite war ganz verrückt nach ihm gewesen. Sie hätte ihn ihr lassen sollen, die beiden verdienten einander. Aphrodite hatte getobt wie eine Irre und Eos aufs Grausamste für das kleine Techtelmechtel bestraft. Nun war es ihr Schicksal, sich stets aufs Neue unsterblich in sterbliche Jünglinge zu verlieben. Seit vielen tausend Jahren spulte sie immer wieder den gleichen Film ab: Schmetterlinge im Bauch, Leidenschaft, tiefe Gefühle, große Träume, nur um dann dabei zuzusehen, wie ihr Geliebter alt und bucklig wurde, während sie immer noch strahlend schön und auf ewig jung war. Seit der Sache mit ihrem geliebten Tono machte Eos sich beim ersten grauen Haar vom Acker. Sie wollte nicht noch eine zirpende Zikade in ihrer Handtasche durch die Ewigkeit tragen. Aber Franz hier war etwas ganz Besonderes. So starke Gefühle hatte sie schon ewig nicht mehr für einen Mann gehabt. Dieses Mal war die Liebe echt, sie würde auch bei ihm bleiben, wenn er alt und grau war. Sie spürte seinen Blick und schenkte ihm ein glückliches Lächeln. Er drückte ihre Hand. Er schien ein wenig nervös, immerhin war das hier das Konzert des größten Rockstars der heutigen Tage. Franz war völlig ausgeflippt vor Begeisterung, als sie ihm verraten hatte, wen sie heute auf der Bühne sehen würden, inklusive After-Show-Party, weil der Künstler ein alter Kumpel von ihr war.

Und hier waren sie nun. Eos hegte zwar einen tiefen Groll gegen die arroganten Olympier, doch bei Dionysos machte sie eine Ausnahme. Alle Welt liebte Dionysos – oder Dylan Sage, wie er sich dieses Mal nannte. Das Rock-star-Leben war sein Ding, er kriegte einfach nicht genug davon. Und er war gut darin, denn er vereinte alles, was man für das Business brauchte. Er war ein Schamane, ein Poet, ein Verrückter, ein Erleuchteter – er konnte sein Pub-likum in höhere Sphären schicken wie kein anderer. Seine Konzerte waren legendär. Egal, welches Jahrzehnt, er traf immer den Nerv der Zeit.

Zielstrebig bewegte Eos sich auf Dionysos zu. Seine Mänaden bildeten einen Ring aus ekstatisch zum Beat zuckenden Leibern um ihn. Obwohl sie den Eindruck erweckten, völlig in ihren wilden Tanz versunken zu sein, ließen sie Dionysos niemals aus den Augen, bereit, jeden in Stücke zu reißen, der ihm zu nahe kam. Doch Eos ließen sie gewähren. Sie war eine alte Bekannte.

»Hey, Dylan«, hauchte sie, als sie endlich vor ihm stand. Er schenkte ihr ein unverschämtes Grinsen, bei dem die Mädels um ihn herum hörbar nach Luft schnappten.

»Hey, Schönheit. Lange nicht gesehen.«

»Kristina«, flüsterte sie ihm ins Ohr.

Sein Grinsen wurde breiter. Er deutete eine kleine Verbeugung an: »Kristina, hübscher Name.«

»Und das ist Franz. Ein begnadeter Künstler, du musst seine Songs hören, die sind einfach so authentisch.«

Sie spürte, wie Franz neben ihr ins Schwitzen kam. Er war aufgeregt, seinem Idol zu begegnen. Wie niedlich war das denn?

Dionysos klopfte ihm kumpelhaft auf die Schulter: »Klar doch, Alter. Hör ich mir gerne an. Aber zuerst trinken wir einen zusammen, ja? Ich hab' da gerade ein Mädchen kennengelernt, der Wahnsinn. Ich muss sie euch unbedingt vorstellen.«

***

Charlie stand an einer Theke und nippte an einem Glas Weißwein, der wirklich exzellent schmeckte. Vermutlich sollte sie nicht trinken, denn was hier gerade abging, war schon verrückt genug. Eben noch hatte sie im Lapidarium mit Franz gestritten und dann was? Sie hatte einen echten Filmriss. Das hier war eindeutig das Konzertgelände des Höhenparks. Wie war sie hierhergekommen? Sie erinnerte sich nicht, mit der Bahn zum Killesberg gefahren zu sein.

Irgendwo fehlten ihr ein paar Stunden. Oder Tage? Das letzte, woran sie sich erinnerte, war dieser wahnsinnig heiße Typ, der sich plötzlich neben ihr manifestiert hatte. Er hatte sich ihr als Dylan Sage vorgestellt, da war der Groschen bei ihr gefallen. Franz redete seit Wochen über nichts anderes als über Dylans neues Album, er hatte ihr sogar ein paar seiner Songs vorgespielt. Er hatte nur nicht erwähnt, wie unverschämt sexy der Kerl war. Heute war also das Konzert. Sie konnte ihn sich sofort oben auf der Bühne vorstellen, eine echte Rampensau mit einer goldenen Stimme. Wieso nur fuhr sie immer wieder auf Musiker ab? Das war ja schon pathologisch und ging nie gut aus. Aber hey, sie wollte ihn ja nicht heiraten. Dylan hatte ihr den Wein bestellt, bevor er sich entschuldigt hatte, weil er zum Soundcheck musste. Sie reckte den Kopf, um nach ihm zu sehen. Er stand vor der Bühne und redete mit einer umwerfenden Blondine, die allerdings in Begleitung zu sein schien. Als er sie erblickte, winkte er ihr zu. Zusammen mit dem fremden Paar kam er strahlend in ihre Richtung. »Ey, Charlie, ich will dir ein paar Freunde vorstellen.« Er legte besitzergreifend den Arm um sie, als wären sie bereits zusammen. Seine Berührung jagte kleine Schauer durch ihr Rückenmark. Wow, das war ihr schon lange nicht passiert. Die Blonde musterte sie geringschätzig. Dann fiel Charlies Blick auf ihren Begleiter, der sie mit offenem Mund anstarrte. Franz! Na, der hatte sich ja schnell getröstet. Eben noch – oder zumindest vor nicht allzu langer Zeit, hatte er ihr seine ewige Liebe geschworen und sie angefleht, ihn nicht zu verlassen. Und nun feierte er hier mit diesem blonden Superweib, als hätte es sie nie gegeben. Was für ein Heuchler. Sie hatte sich echt eingebildet, er sei völlig krank vor Liebe zu ihr. Aber gut, bitte, wenn er sich so schnell über sie hinwegtrösten konnte, dann musste sie ja keine weitere Rücksicht auf seine angeblichen Gefühle nehmen. Sie nickte ihm und seiner Begleitung, die von Franz' seltsamer Gestarre ein wenig irritiert schien, unverbindlich zu und schmiegte sich enger an Dylan. Was für ein Körper, da konnte der liebe Franz nicht mithalten. Dylan zog sie an sich und küsste sie. Charlie hörte Franz geräuschvoll nach Luft schnappen, doch dann wurden ihre Knie weich, und die Welt um sie herum schien abermals zu verschwimmen. Als sie die Augen wieder öffnete, waren Franz und seine neue Tussi verschwunden.

$$***$$

Bastet beobachtete die Szene von der anderen Seite der Theke aus. Sie ärgerte sich noch immer, dass es ihr nicht gelungen war, Charlie aufzuhalten, als sie Franz durch das Portal gefolgt war. Das verdammte Ding war ihr schon seit Jahrzehnten ein Dorn im Auge. Ein Tor hinter einem Tor, wer stellte so etwas in einen öffentlich zugänglichen Garten? Zum Glück war es nur bei Vollmond aktiv, und das Lapidarium war nachts meistens geschlossen. Dieser verdammte Franz, was hatte er sich nur dabei gedacht, sich dort herumzutreiben und dabei noch Gedichte über Götter zum Besten zu geben? Er hatte Dionysos und Eos auf den Plan gerufen. Und wo zwei Götter waren, waren andere meistens nicht weit. Ein solches Zusammentreffen endete meistens im Chaos. Sie musste Charlie schnellstens von hier wegbringen. Um nicht weiter aufzufallen, hatte Bastet ihre menschliche Gestalt angenommen, außerdem wollte sie nicht die ganze Nacht nur Füße sehen und sich alle zwei Minuten auf den Schwanz treten lassen.

Sie hatte eine Runde getanzt, die DJane hatte was drauf, kein Wunder, sie war eine von Dionysos' wilden Weibern, seiner Entourage, die ihm treu durch die Ewigkeit folgte. Wenn Bastet die Mänaden ansah, sah sie nur Zähne und Klauen, doch für das sterbliche Partyvolk waren sie hübsche Groupies, und so mancher Narr wagte einen kleinen Flirt mit einer von ihnen. Nicht ihr Problem. Bastet hätte ihren Gin

Tonic gern in einem Zug geleert, aber sie musste Charlie im Blick behalten. Ihr süßes Mädchen war gerade dabei, ihr Herz an den Gott der Ekstase zu verlieren, das war absolut inakzeptabel. Mit zusammengekniffenen Augen musterte sie Dionysos. Er stand an der Bar, wunderschön und leuchtend wie hundert Fackeln. Ein für das sterbliche Auge unsichtbares Netz spannte sich zwischen ihm und jedem Sterblichen an diesem Ort. Er war das Zentrum, sie tanzten nur für ihn. Seinetwegen wanden sie sich in einem ekstatischen Rausch. In dieser Nacht würden sie dem Göttlichen näherkommen als je zuvor und jemals wieder in ihren kurzen Leben. Deshalb liebten sie Dionysos. Er war ihre Verbindung zu ihrer wilden Urkraft, ihr Schlüssel zu einem höheren Bewusstseinszustand. Dionysos' Arm war lässig um Charlies Hüften geschlungen, die sich an ihn schmiegte wie ein Kätzchen. Bastet knurrte leise. Als ein betrunkener Kerl sie anrempelte, entfuhr ihr ein wütendes Fauchen.

»So faucht nur die Göttin der Katzen.« Der Kerl, der ihr fast das Glas aus der Hand geschlagen hatte, hielt sich schwankend an ihr fest und grinste schief. »Lange nicht gesehen. Coole Party, was?«

»Herrje, Silenos. Pass doch auf«, schimpfte sie.

Der dicke Satyr war wieder mal sternhagelvoll. Im Gegensatz zu seinem Schützling Dionysos, der literweise Wein in sich hineinschütten konnte, ohne jemals betrunken zu sein, hatte Bastet Silenos eigentlich noch nie nüchtern angetroffen.

»Ganz schön viele von euch hier heute«, lallte Silenos und nickte in Richtung Göttin der Morgenröte, die mal wieder einen hübschen Jüngling im Schlepptau hatte. Sicher mal wieder die ganz große Liebe, dachte Bastet mitleidig. Dann erkannte sie ihn. Bei allen Göttern! Das war ja Franz. Eben noch wie ein bockiges Kind durchs Portal gelaufen und schon in Eos Netz gelandet. Bastet würde ihm keine Träne nachweinen, wenn er in einer Streichholzschachtel enden würde, nachdem er Charlie in solche Gefahr gebracht hatte.

»Wer ist denn sonst noch hier?«, erkundigte sich Bastet, ohne Charlie aus den Augen zu lassen.

»Die Nemesis des Nordens, wie heißt der doch gleich?«

»Loki?«, wunderte sich Bastet.

Silenos nickte schwerfällig: »Yepp, den Typen mein ich. Macht nichts als Ärger. Aber solange Hermes nicht aufkreuzt, ist alles gut.«

»Soweit ich weiß, ist Hermes nicht so der Partytyp«, entgegnete Bastet. Die Götterboten hatten zwar die Angewohnheit, sich überall zu manifestieren, wo man am wenigsten mit ihnen rechnete, doch sie waren meistens viel zu beschäftigt mit ihren wichtigen Missionen, als dass sie es mal ordentlich krachen lassen könnten.

Silenos rückte näher, wobei er ein wenig ins Wanken geriet. Er raunte vertraulich: »Hermes will, dass Dionysos seinen Hintern zurück in den Olymp schiebt.«

»Ach wirklich? Interessant. Weshalb denn?« Sie blickte sich um, in der Hoffnung, den Boten irgendwo zu entdecken. Wenn es nach ihr ging, konnte er sich Dionysos über die Schultern werfen und direkt mit ihm davonflattern.

Aus unerfindlichen Gründen hielt Silenos schon wieder ein volles Glas in der Hand. »Als Dionysos die Biege gemacht hat, weil er sich mal wieder mit Apollon in die Haare gekriegt hat, hat er Pan gebeten, ihn zu vertreten.«

Bastet starrte den Satyr ungläubig an. Sie konnte sich das Chaos, das der hemmungslose Ziegengott in Zeus' aufgeräumten Hallen anrichtete, bildlich vorstellen und musste kichern.

»Lass mich raten«, sagte sie. »Sogar Apollon wünscht sich inzwischen seinen guten alten Erzfeind Dionysos zurück?«

»Ich sag's mal so«, entgegnete Silenos und leerte sein Glas in einem Zug. »Die alte Spaßbremse is not amused, wenn man beim Essen seine Weichteile zeigt oder sich ungeniert den Hintern kratzt.«

Bei diesen Worten kratzte Silenos sich den Hintern und rülpste. »Außerdem passt's ihm nicht, dass Dionysos mit seiner Kunst mal wieder ins Schwarze trifft. Du weißt ja, wie sehr der Alte Maßlosigkeit verabscheut. Aber schau dich um, die Menschen lieben es. Sie wollen den Rausch und die Ekstase, sie lechzen danach, die Kontrolle zu verlieren. Und Dionysos zeigt ihnen Galaxien, die sie sich vorher nicht mal hätten träumen lassen.«

Silenos Augen glänzten fiebrig. Ein Blick in die Runde gab dem volltrunkenen Satyr recht.

Bastet selbst war einer wilden Feier noch nie abgeneigt gewesen, wusste aber auch die schönen Künste, die unter Apollons Schirmherrschaft standen, zu schätzen. Auch der Verstand, sofern man welchen hatte, wollte angeregt werden. Der alte Wettstreit zwischen Vernunft und Gefühl, den die beiden Olympier seit Jahrtausenden austrugen, war in Bastets Augen völlig unnötig, beides hatte seinen Platz in der Welt. Aber Apollon war schon immer neidisch auf die Begeisterung gewesen, die Dionysos in den Menschen erzeugen konnte, da half ihm auch sein messerscharfer Verstand nicht.

Als Bastet wieder zur Bar blickte, stellte sie verärgert fest, dass Dionysos und Charlie verschwunden waren. Verdammt. Das Mädel war gerade dabei, den Verstand zu verlieren. Sie prostete Silenos noch einmal zu, dann wand sie sich geschmeidig durch die feiernde Meute.

***

Eos war erleichtert, als Dionysos Arm in Arm mit der kleinen Elfe abzog. Seit ihrem Auftauchen benahm Franz sich unfassbar affig. Er redete nur Unsinn und das auch noch unnötig laut, wobei er immer wieder zu dem Mädchen schielte, um sich zu versichern, dass sie ihn auch ja hörte. Wie ein Pfau führte er sich auf, streckte die Brust durch und fuhr sich dauernd durchs Haar. Auch Dionysos war das nicht entgangen, und er hatte Eos teils belustigte, teils mitleidige Blicke zugeworfen, was sie wahnsinnig machte. Nach ihrem Abgang hatte Franz sich zwei Kurze reingekippt und sich dann Richtung Toilette verzogen. Eos zog ihr Handy aus der Tasche und scrollte durch ihre Kontakte. Sie spielte mit dem Gedanken, eine der Erinnyen anzurufen, um sie der unerwarteten Rivalin auf den Hals zu hetzen. Allerdings wollten die immer eine unangenehme Gegenleistung für ihre Dienste, da konnte man die Rache auch gleich selbst in die Hand nehmen. Aber das war einfach nicht ihr Ding. Behutsam nahm sie die kleine Kiste, kaum größer als eine Zigarettenschachtel, aus ihrer Handtasche und öffnete sie einen Spalt.

»Ach Tono, wieso kann nicht jeder Mann so wunderbar sein wie du?«

Die kleine Grille richtete erfreut ihre langen Fühler auf und zirpte aufmunternd.

Eos nickte: »Du hast sicher recht, mein Liebster. Ich werde mit Franz sprechen, es ist sicher alles nur ein Missverständnis.«

Zärtlich berührte sie den winzigen Körper ihres einstigen Geliebten, den sie stets bei sich trug, seit Zeus ihn in eine Grille verwandelt hatte. Thitonos war die Liebe ihres Lebens, der perfekte Mann, mit dem sie alt geworden wäre, wäre sie nicht eine unsterbliche Göttin. Stattdessen hatte sie dabei zusehen müssen, wie der geliebte Körper immer schwächer und gebrechlicher wurde, während Eos stets jung und frisch wie der Morgen war. Das hatte weder ihre Liebe noch die Leidenschaft, welche sie füreinander empfanden, geschmälert. Sie hatte sich dazu durchgerungen, Zeus um Unsterblichkeit für ihren Tono zu bitten.

Wie dumm sie gewesen war. Die neuen Götter des Olymps waren alle Betrüger, die sich einen Spaß daraus machten, den anderen das Leben zu versauen. Selbst vor den Titanen, die lange vor ihnen die Welt beherrschten, fehlte es ihnen an jedem Respekt. Zeus hatte ihr scheinbar großmütig den Gefallen erwiesen. Aber natürlich hatte er sein doppelzüngiges Spiel mit ihr getrieben und ihr anschließend die Schuld in die Schuhe geschoben. Sie hatte schließlich nicht explizit gesagt: »Bitte, oh großer Zeus, lass ihn nicht altern.« Dummes Frauchen, das sie war, hatte sie einfach nur Unsterblichkeit gefordert. Jeder anständige Gott hätte sehr wohl verstanden, was das implizierte, aber offenbar musste man auf dem Olymp sorgfältig das Kleingedruckte lesen, was sie natürlich nicht getan hatte. Sicher hatten Zeus und seine Lieblingstochter Aphrodite sich kaputtgelacht, während Tono immer älter wurde, sein Haar und seine Zähne verlor und in sich zusammenschrumpfte wie Dörrobst. Zuerst auf die Größe eines Kindes, dann auf die eines Babys, eines Embryos, bis er schließlich in ihre bloße Hand passte. All die qualvollen Jahre war Eos an seiner Seite geblieben und hatte sich um ihn gekümmert, auch wenn es ihr das Herz gebrochen hatte, denn so war es nun mal, wenn man jemanden liebte.

Schließlich hatte Zeus sich ihrer erbarmt, als Aphrodite mal kurz damit beschäftigt war, eine arme Königstochter in eine schwarze Spinne zu verwandeln, und hatte Thitonos in eine Grille verwandelt. So konnte Eos ihn zumindest immer bei sich tragen und mit ihm sprechen. Tono verstand sie besser als jeder Kerl, der ihr in tausend langen Jahren das Bett gewärmt hatte. Sein Wesen, seine Güte und sein Herz waren das, was sie immer wieder bei den jungen Kerlen suchte. Diese Charaktereigenschaften schienen ganz und gar einzigartig. Doch Tono sah etwas in Franz, etwas, das auch sie gesehen hatte. Er hatte es ihr gesagt. Daher wollte sie noch nicht aufgeben. Vielleicht war er ein würdiger Nachfolger.

»Was für eine praktische Größe für einen Partner. Wie oft hab' ich mir schon gewünscht, meine Angetraute einfach in eine Schachtel stecken und den Deckel zuklappen zu können, wenn sie Stress macht.«

Eos zuckte vor Schreck zusammen und ließ die kleine Kiste schnell zurück in ihre Tasche gleiten. Vor ihr stand ein langer, hagerer Kerl und grinste sie unverschämt an. »Tja, Loki, blöderweise ist deine Gattin eine Riesin. Sie könnte also eher dich in eine Kiste stecken.«

Loki prostete ihr grinsend zu: »Chapeau, meine Liebe.« Er nahm einen Schluck von einem giftig grünen Drink: »Es ist wirklich eine Schande, was Zeus mit deinem Gatten gemacht hat. Ich hasse alle Götter.«

»Ich bin eine Göttin«, gab Eos zu bedenken, obwohl sie Lokis Einstellung nachvollziehen konnte.

»Ganz genau! Und trotzdem musst du dich dem Willen derer beugen, die sich für etwas Besseres halten. Dabei warst du lange vor ihnen da.« Loki war bei diesen Worten lauter geworden, eine tiefe Zornesfalte zeichnete sich auf seiner Stirn ab.

Eos verstand seine Wut, die sich gegen Odin und seine Sippe in Asgard richtete, mit denen er einen ewig dauernden Krieg führte. Vor ihrem geistigen Auge erschien Aphrodites Gesicht, gleichermaßen perfekt und kalt.

»Ich denke, wir haben so einiges gemeinsam«, sagte Loki, als hätte er ihre Gedanken gelesen. Verschwörerisch beugte er sich zu ihr herunter. »Aber dieses Mal werde ich gewinnen.« Er fasste in seine Manteltasche und zog einen goldschimmernden Apfel aus seiner Tasche. Eos schnappte nach Luft. »Ist das einer von Iduns Äpfeln?«

Loki grinste boshaft: »Allerdings. Und ich hab' nicht nur diesen hier. Ich habe sie alle!« Ehrfürchtig berührte Eos den

Apfel, der den Asen nicht nur Unsterblichkeit, sondern auch ewige Jugend und Schönheit schenkte. Das komplette Paket also, tausendfach kostbarer als Zeus' gespaltene Zunge. Loki hatte Idun die Äpfel schon einmal abgeluchst. Zur Strafe hatte ihn Odin an seinen eigenen Gedärmen aufgehängt und sein Gesicht in Gift marinieren lassen. Jedem anderen wäre das Abschreckung genug gewesen, aber Loki war zäh und sein Durst nach Rache unerschöpflich.

Als hätte er ihre Gedanken erraten, beugte er sich vor: »Ohne die Äpfel sind sie nichts, sollen sie alt und runzlig werden und tot umfallen. Keiner braucht mehr Götter, zumindest nicht so viele. Ich steige aus diesem verfluchten Kreislauf aus. Ragnarök kann mich mal.«

Eos lief bei seinen frevlerischen Worten ein Schauer über den Rücken. War das überhaupt möglich? Den göttlichen Kreislauf der immer gleichen Geschichten und Mythen durchbrechen? Könnte sie sich von Aphrodites Fluch befreien und noch einmal ein wahres Leben führen? Der Gedanke war so verführerisch, dass ihr ganz schwindelig wurde.

Loki betrachtete sie aufmerksam. »Ja, dachte ich mir, Göttin des Morgens, wir sind uns wirklich sehr ähnlich.« Er drückte ihr den goldenen Apfel in die Hand: »Hier, ich schenk ihn dir. Du wirst ihn sinnvoller einsetzen als diese verkommenen Asen. Mach dir ein schönes Leben mit deinem kleinen Künstler, er ist wirklich ein Prachtkerl.« Loki zwinkerte ihr zu und verschwand in der Menge.

Eos starrte auf den Apfel. Mit ihm eröffneten sich völlig neue Möglichkeiten. Sie konnte Franz das schenken, was Tono verwehrt geblieben war: ein ewiges Leben an ihrer Seite. Die kleine Elfe konnte so was von einpacken. Sie konnte es kaum erwarten, Franz den Apfel zu geben. Wo steckte der denn nur? Suchend ließ sie den Blick durch den Raum streichen. Plötzlich verstummte die Musik und Dionysos betrat die Bühne. Alle Augen richteten sich auf ihn, als er seinen Fans den spontanen Auftritt eines befreundeten Künstlers ankündigte. Eos schnappte nach Luft, als Franz die Bühne betrat. Was zur Hölle tat er da oben? Er hatte doch sicher noch nie vor so vielen Leuten gespielt. War er dafür bereit? Diese Menge dürstete es nach Göttlichem. Als ihr Blick auf den von Dionysos traf, begriff sie, dass es sich hier keineswegs um eine noble Geste handelte. Er wollte Franz vorführen, ihn für das Herumgeschwänzel um seine neueste Eroberung bestrafen, ihn der Lächerlichkeit preisgeben. Eos fluchte innerlich und machte sich bereit für eine Blamage der Sonderklasse.

***

Bastet sah Charlie vor Schreck zusammenzucken, als Franz die ersten Takte des Songs spielte, den er für sie geschrieben hatte. Eine abscheulich banale Liebesschnulze, die natürlich auch noch nach ihr benannt war. Bastet schenkte Charlie ein mitfühlendes Lächeln. »Ein Freund von dir?«

Charlie schüttelte vehement den Kopf, dann beugte sie sich zu Bastet und flüsterte: »Er ist mein Ex – aber wenn du das weitersagst, muss ich dich töten.«

Bastet fuhr sich mit den Fingern über die Lippen, zum Zeichen, dass diese versiegelt waren. Sie prostete Charlie zu.

»Du kommst mir so bekannt vor. Kennen wir uns?« Charlie musterte sie neugierig. Sie schien die Verbindung zu spüren, was kein Wunder war, so oft wie sie sich schon das Bett geteilt hatten.

»Ich bin Mia«, sagte Bastet und ließ es wie ein Schnurren klingen.

»Freut mich. Ich bin Charlie.« Sie prosteten sich erneut zu, Charlie schien noch immer darüber nachzudenken, warum diese Fremde ihr so vertraut war. Dann wandte sie sich wieder der Bühne zu, auf der Franz auf seiner Gitarre herumzupfte und ein wenig verloren wirkte. Dem armen Kerl fehlte es an Begabung und Stimmgewalt, um vor so einer Menge zu performen. Bastet konnte verstehen, dass Charlie sich fremdschämte. Ihr als Göttin waren solche Gefühle zum Glück fremd. Neugierig blickte sie sich um, gespannt darauf, wer zuerst ein paar Cocktailgläser Richtung Bühne schleudern würde. Als Bastet in die Gesichter der Zuschauer sah, stellte sie erstaunt fest, dass die Leute keineswegs genervt, wütend oder gelangweilt von Franz' Darbietung waren. Im Gegenteil. Die Menschen waren bewegt, gerührt. Manche lächelten ganz beseelt. Jemand hielt ein Handy mit eingeschalteter Taschenlampe in die Luft, andere folgten seinem Beispiel. Es wurden Fotos gemacht, Videos gedreht, vermutlich ging das ganze Ding gerade viral.

Was, bei der großen Isis, passierte hier? Bastet starrte zur Bühne und hörte zum ersten Mal richtig hin. Der Kerl war ja fantastisch! Seit wann hatte er dieses samtweiche Timbre in der Stimme? Dionysos lehnte mit finsterem Gesicht am Bühnenrand und musterte Charlie, die ganz feuchte Augen hatte. Es war offensichtlich, dass Franz nur für sie sang. Das hatte Dionysos wohl nicht vorhergesehen, aber entgegen der landläufig verbreiteten Meinung sind Götter nun mal nicht allwissend. Franz war jetzt ganz in seinem Element. Der nächste Song hatte richtig Groove, die Menge begann zu tanzen, er zog sie in seinen Bann wie ein Hexer. Er schien plötzlich größer, schöner, strahlender. Das konnte nicht mit rechten Dingen zugehen. Misstrauisch scannte Bastet den Raum, bis ihr Blick den einer großgewachsenen Frau mit schwarzer Mähne und feurigem Blick traf. Kaliope, ihres Zeichens Muse, winkte Bastet fröhlich vom Bühnenrand aus zu. Elegant schwebte sie Bastet entgegen und drückte ihr ein Küsschen auf die Wange: »Kitty Cat, schön, dass du vorbeischaust. Wie gefällt dir mein neuer Schützling?«

»Oh, er ist gerade fantastisch. Ich kannte seinen Gesang, bevor du ihn geküsst hast, und der Unterschied ist bemerkenswert.«

»Es war alles da, er brauchte nur einen kleinen Schubser«, entgegnete Kaliope bescheiden.

Bastet verkniff sich jede weitere Bemerkung zu Franz' angelegten Talenten und stellte stattdessen die Frage, die ihr unter den Nägeln brannte: »Sag mal, Kaliope, wie bist du ausgerechnet auf ihn gekommen? Er ist Eos neuster Lover, ich war mir sicher, sie würde schon für seinen Aufstieg sorgen.«

»Pff ... das Morgengrauen? Was sollte die schon machen? Sie hat vielleicht ein paar Kontakte, aber sie kann ihn nicht so inspirieren, wie ich das kann.«

»Klar, keine Frage. Aber warum er? Es gibt doch genug Möchtegernkünstler da draußen.«

Kaliope beobachtete zufrieden, wie Dionysos' Anhänger hypnotisiert Richtung Bühne starrten, wo Franz sich gerade das verschwitzte Shirt auszog und einen muskulösen Oberkörper präsentierte.

Sie nuckelte an ihrem Drink und meinte nachdenklich: »Er könnte sein eigenes Unterwäschelabel gründen. Oder Turnschuhe, vielleicht auch Jeans? Was meinst du, Kitty Cat?«

»Wozu denn? Er ist Musiker.«

Kaliope zog eine ihrer perfekten Brauen nach oben: »Ach, komm schon. Jetzt tu nicht so verstaubt. Du weißt doch, wie das heutzutage läuft. Das Musikbusiness ist genauso schnelllebig wie der Rest der verdammten Welt. Du musst mehr bieten als ein bisschen Leder und morbide Sexyness. Das ist sowas von 70er, das reicht heutzutage nicht mehr. Franz hat Wirtschaftswissenschaften studiert, in ihm steckt ein Geschäftsmann, damit kann er es weit bringen. Das ist die Zukunft. Typen wie Dionysos braucht heutzutage keiner mehr. Er sollte besser abtreten und der Zukunft nicht im Weg stehen. Am besten, solange der Ruhm noch frisch ist. Das hat doch schon öfter funktioniert.«

Bastet dachte an das, was Silenos ihr zuvor erzählt hatte. Na klar, es ging gar nicht um Franz, es ging um Dionysos!

»Apollon hat dich auf Franz angesetzt, richtig?«

»Du bist wirklich ein schlaues Kätzchen«, kicherte Kaliope.

»Wieder der alte Wettstreit zwischen den beiden, ehrlich? Gönnt Apollon ihm den Erfolg nicht?«

Kaliope legte den Kopf schief: »Ach, das. Ja, das spielt auch eine Rolle. Aber eigentlich ist es wegen dieser neuen Regel, die Zeus aufgestellt hat. Wer den Olymp für längere Außeneinsätze verlässt, braucht eine Vertretung.«

»Saublöde Idee.«

»Das kannst du singen, wird sich langfristig wohl auch nicht durchsetzen. Seit ausgerechnet Pan Dionysos' Platz eingenommen hat, ist auf dem Olymp die Hölle los, du kannst dir nicht vorstellen, wie der Kerl sich aufführt.«

»Schlimmer als Dionysos?«

»Viel schlimmer, und dazu kommt noch der Gestank. Es ist kaum auszuhalten. Es gab eine Abstimmung, und alle zwölf waren einstimmig der Ansicht, dass Dionysos das kleinere Übel ist. Es ist an der Zeit, die Show hier zu beenden.«

»Und du gibst seinen Fans dafür einen neuen Star? Einen, der ein bisschen mehr nach Apollons Geschmack ist?«

Kaliope zwinkerte ihr zu: »Warum soll er nicht auch was davon haben? Immerhin ist er der Vater meines Sohnes. Ein bisschen mehr Inhalt und Tiefgang kann den Leuten ja nicht schaden.«

»Als ob die den Unterschied bemerken würden«, sagte Bastet.

»Einen Versuch ist es wert«, erwiderte Kaliope. »Wie auch immer. Dionysos' Zeit ist vorbei. Aber er hat noch immer die Möglichkeit, zur Legende zu werden, wenn er heute einen dramatischen Abgang macht.«

Bastet blickte die Muse skeptisch an: »Da wird er nicht mitspielen.«

»Lass das mal meine Sorge sein, Kitty Cat. Außerdem ist Hermes schon auf dem Weg, um das zu regeln.«

Bastet blickte zu Charlie, die ihre Hüften zu Franz Gesang kreisen ließ. Das war zwar eine unvorhergesehene, aber durchaus willkommene Wendung. Ihr Mädchen würde so schnell keinem Gott verfallen und in ihr Unglück laufen. Vielleicht hatte Kaliope nicht unrecht, man musste das kleinere Übel wählen. Und Franz hatte sich in Bastets Augen gerade für diesen Titel qualifiziert.

***

Eos kochte vor Wut. In ihrem ganzen Leben war sie noch nie so gedemütigt worden. Dort oben stand ihr Geliebter, der Mann, dem sie Unsterblichkeit schenken wollte, und schnulzte diesem kleinen Flittchen Liebeslieder vor. Wirklich jeder hier konnte es sehen! Es war ungeheuerlich. Damit würde er nicht davonkommen, so behandelte man keine Göttin! Plötzlich spürte sie ein Sirren. Die Luft um sie herum vibrierte. Hermes musste man nicht sehen, um zu wissen, dass er da war. Er war offenbar wegen Dionysos gekommen. Es sah ganz danach aus, als wollte er dessen Treiben hier ein Ende bereiten. Die Mänaden hatten einen Schutzwall um ihren Meister gebildet. Sie knurrten den Götterboten an wie wilde Bestien. Hinter Eos war Tumult entstanden, die Party neigte sich wohl so langsam ihrem Ende zu. Erschrocken stellte sie fest, dass Franz ordentlich aus dem Konzept gekommen war und jetzt wie ein Trottel auf der riesigen Bühne herumstand. Das Publikum wurde unruhig, es dauerte nicht lange, bis die ersten unzufriedenen Kommentare kamen.

»Ey, hast du deinen Text vergessen?«

»War's das schon? Mehr haste nicht drauf?«

»Was ein Freak.«

»Lass Dylan ran, du Amateur.«

»Schade, ich fand den süß … echt enttäuschend.«

Jetzt wurden die Rufe nach Dionysos laut, seine Fans wollten ihren Meister zurück. Bedröppelt schlich Franz von der Bühne und kam wie ein trauriger Welpe auf Eos zugetrottet. Immerhin wusste er plötzlich wieder, wo er hingehörte. Und Eos war bereit, ihm zu verzeihen. Sie öffnete die Arme, um ihn an ihre Brust zu drücken, als er plötzlich mitten in der Bewegung einfror wie ein Standbild. Doch nicht nur er. Alle Menschen vor der Bühne erstarrten mitten in ihren Bewegungen, als wären sie aus Stein, starrten wie hypnotisiert ins Leere. Hermes hatte seinen Stab geschwungen, und damit war Ruhe. Jetzt gab es nur noch die Götter, die Mänaden und Silenos, der aber so betrunken war, dass man nur sein Schnarchen vernahm.

»Loki, du verdammter Dieb, du gibst mir jetzt sofort die Äpfel zurück!«, donnerte eine tiefe Stimme. Eos starrte den Gott an, der die Worte gesprochen hatte, und stellte erstaunt fest, dass er ihr unbekannt war. Er war uralt, das Gesicht mit Runzeln überzogen, er stützte sich mehr auf seinen Stab, als dass er ihn schwang wie Hermes.

Loki brach bei seinem Anblick in schallendes Gelächter aus. »Oh Mann, Heimdall, du siehst ja echt kacke aus. Gegen dich ist Keith Richards das blühende Leben. In deinen Falten kann die Midgardschlange Eier legen.«

»Mit dir werde ich immer noch fertig!«, entgegnete Heimdall, doch er sah dabei aus, als würde er gleich zusammenbrechen. Dennoch stürzte er sich voller Zorn auf Loki, der einen flinken Ausfallschritt machte, so dass der mächtige Götterbote des Nordens plump auf der Nase landete. Eos schauderte. Heimdalls Sturz erinnerte sie schmerzlich an die Zeit, als Tonos Körper immer gebrechlicher wurde, so dass er kaum noch einen Fuß vor den anderen hatte setzen können. Sie hatte ihn im Rollstuhl herumschieben müssen, er schaffte es nicht mal mehr allein zur Toilette. Es war entwürdigend, dieses Schicksal der Sterblichen.

Aber hier lag ein Gott im Staub, und Loki hörte nicht auf, ihn zu verhöhnen. Hermes kam blitzschnell durch den Raum geflogen und hob seinen Stab gegen Loki. Doch der war ein erfahrener Krieger und wusste sich geschickt zu verteidigen. Die beiden rangen erbittert miteinander. Dionysos hatte sich den schwankenden Silenos geschnappt und machte sich, begleitet von seiner Entourage, aus dem Staub, froh darüber, dass Hermes zu abgelenkt war, um ihn aufzuhalten. Aus den Augenwinkeln registrierte Eos, dass die Katzengöttin Bastet ihm folgte. Sie hatte eine schwarzhaarige Frau im Schlepptau, die Eos vage bekannt vorkam. Darüber konnte sie sich jetzt nicht den Kopf zerbrechen. Sie fühlte den Apfel in ihrer Hand und rang mit sich. Sie konnte ihn Heimdall geben und die Götter von Asgard retten. Gemeinsam mit Hermes würde er Loki schnell besiegen, wie er es immer getan hatte. Oder sie gab ihn Franz und machte ihn zu ihrem Partner für die Ewigkeit. Er hatte offensichtlich eine kleine Schwäche für Dionysos' kleines Groupie, aber die war vergänglich. Er würde sie in einem Wimpernschlag vergessen haben. Und Eos wäre nie wieder allein in der Unendlichkeit. Behutsam öffnete sie die kleine Schachtel und strich zärtlich über Tonos winzigen Körper. Wieder blickte sie zu Franz und dann zu Heimdall. Tono zirpte aufgeregt. Sie seufzte ergeben. Ihr einstiger Geliebter hatte wie immer die richtige Antwort auf ihre Fragen. Sie vertraute ihm blind, er war weiser als jeder Gott im Universum. Dann kniete sie neben Heimdall nieder, hob sanft seinen Kopf an und ließ ihn in den goldenen Apfel beißen.

***

Zwei Wochen später lag Bastet zu einer Kugel zusammengerollt auf dem Fensterbrett und schnurrte behaglich. Charlie saß ihr gegenüber in ihrem alten Ohrensessel und blätterte in einem Boulevardmagazin. Die Spekulationen um Dylan Sages' tragischen Autounfall am Pragsattel waren mittlerweile keine Titelseite mehr wert. Sein viel zu frühes Ableben war gebührend betrauert und sehr detailliert geschildert worden. Einer der Unfallsanitäter, die zuerst an der Unglücksstelle gewesen waren, hatte der Presse ein Foto der zerbeulten Limousine zugespielt. Die Scheiben waren verspiegelt, doch durch einen Sprung in der Mitte konnte man vage das göttliche Profil des Rockstars erahnen. Er sah aus, als schliefe er friedlich. Das Bild war millionenfach abgedruckt worden, der Kerl musste mit Sicherheit nicht mehr arbeiten. Ein paar Tage wurde die Frage diskutiert, ob der Fahrer des Wagens, der immer an Sages' Seite gewesen war, unter Drogen oder Alkoholeinfluss gestanden hatte. Bastet kannte die Antwort: Silenos hätte den Wagen noch sicher gesteuert, wenn er zuvor sämtliche Weinkeller Stuttgarts leergesoffen hätte. Doch irgendwer musste für den Verlust des Rockgotts an den Pranger gestellt werden, und der Satyr hatte sich bereitwillig geopfert. Dionysos zu einem medienwirksamen Ableben á la Prinzessin Di zu überreden, war weit schwieriger gewesen. Er hatte nicht die geringste Lust verspürt, die große Party frühzeitig zu verlassen. Erst als Kaliope ihm den ausgeklügelten Business-Plan erörtert hatte, mit dem sie Franz innerhalb von Wochen zum nächsten großen Megastar aufzubauen gedachte, knickte er ein. Lieber ein Abgang, der Dionysos ins Reich der Legenden katapultierte, als neben einem sterblichen Emporkömmling zu verblassen. Genau darauf hatte Hermes gesetzt, und so wurde noch in der Nacht nach dem Konzert, das die Magazine einhellig als größte Live-Sensation des Jahres bezeichneten, Dionysos' Tod inszeniert.

***

Franz hatte an diesem Abend drei Zugaben gegeben. Als der Applaus endlich abebbte, hatte er Charlie lächelnd zugezwinkert, bevor er die Bühne verlassen hatte. Es war ein herrlicher Spätsommerabend. Trotz seiner zunehmenden Berühmtheit hatte Franz darauf bestanden, dieses kleine Konzert vor einigen handverlesenen Gästen im Lapidarium zu spielen. »Es ist mein absoluter Lieblingsort. Ein ganz besonderes Mädchen hat ihn mir gezeigt.« So hatte Franz seine Wahl in einem Interview mit der Stuttgarter Zeitung begründet. Charlie fühlte sich geschmeichelt. Die Songs, die Franz für sie geschrieben hatte, waren so wundervoll. Dass alle an diesem Abend sie laut mitgesungen hatten, hatte Charlie fast zu Tränen gerührt. Nach der seltsamen Nacht am Höhenpark, die mit Dylan Sages' tragischem Unfall ein bitteres Ende gefunden hatte, hatte sich vieles geändert. Charlie dachte oft mit Bedauern an den göttlichen Rockstar, der kurz aber heftig mit ihr geflirtet hatte. Es fühlte sich an wie ein Traum. Aber wer sie in dieser Nacht wirklich umgehauen hatte, war Franz. Für einen kurzen Moment hatte er heller geleuchtet als Sage selbst. Und seit jener Nacht hatte Franz sich tatsächlich verändert. Am besten gefiel Charlie, dass sein Erfolg ihm nicht zu Kopf gestiegen war. Er konnte sich vor Verehrerinnen kaum retten, doch er hielt an seiner Zuneigung zu ihr fest. Die schöne Blondine, mit der er auf dem Konzert gewesen war, schien sich in Luft aufgelöst zu haben. Nichts als ein harmloser Flirt, wie ihre kleine Liebelei mit Dylan. Ob es daran lag, dass er neuerdings einen prall gefüllten Kalender hatte oder ob er auch in diesem Punkt endlich verstanden hatte, was sie brauchte, konnte Charlie noch nicht so wirklich beurteilen. Aber er war nun selbstbewusster und nicht mehr anhänglich wie eine Klette. Das machte ihn in Charlies Augen gleich viel attraktiver. Selbst Missy, die ihm früher immer die kalte Schulter gezeigt hatte, war bei seinem letzten Besuch auf seinen Schoß gesprungen, um sich von ihm hinter den Ohren kraulen zu lassen. Auch wenn es albern war, für Charlie kam das einem göttlichen Zeichen gleich.

Als auch der letzte Konzertbesucher den Garten verlassen hatte, schlenderte Charlie den kurzen Weg hinauf. Sie lächelte, als sie Franz dort vor ihrem Apollon stehen sah. Vielleicht war er ja doch der Richtige für sie. Sie war jedenfalls fest entschlossen, es herauszufinden.

Die Hütte

Johanna Schließer

Die Hütte

Kathi packte die Flasche Kessler Rosé in den Rucksack, während sich Ella die Chips und Schokobons schnappte. »Wie viele Folgen haben wir noch vor uns?«, fragte sie Kathi, nachdem sie den Rewe verlassen hatten und Richtung Ampel liefen.

»Es sind zehn. Wir haben den ersten Abschnitt der finalen Staffel gesehen und noch ein paar des zweiten und wirklich allerletzten Abschnitts.« Kathi hakte sich bei der Freundin unter. »Komm, ich zeige dir dieses Häuschen und den Garten am Weg zur Röckenwiesenstraße. Das ist wie in The Walking Dead, total gruselig.«

Ella lachte hell auf. »Haha, in Stuttgart ist absolut gar nichts gruselig, außer vielleicht die Mieten für Studentenbuden. Dass du überhaupt diese Wohnung bekommen hast, ist unser Glück. Ich freue mich schon die ganze Woche auf unseren Serienmarathon ohne lästige WG-Bewohner, die andauernd stören, Krach machen oder sogar mitschauen wollen. Luka wollte das letzte Mal sogar Wednesday mit mir kucken.«

»Uuh«, machte Kathi und schaute ihre Freundin von der Seite an. Ella war ein bisschen kleiner als sie. Wie immer trug sie die dunkelblonden Haare zu einem Pferdeschwanz gebunden. »Ach, komm. Luka ist eigentlich ganz niedlich.«

Ella rümpfte die Nase. »Luka pupst und hinterlässt seine Körperbehaarung im Bad.«

Kathi prustete los. »Wenn du den nicht in der WG, sondern vorher in 'ner Bar getroffen hättest, wäre da schon längst was gelaufen.«

Die Freundin grinste. »Vielleicht sollte man die tollen Typen echt nur in Bars kennenlernen. In WGs siehst du zuerst deren Macken, dann womöglich die Vorzüge.«

Endlich schaltete die Fußgängerampel auf Grün. Scherzend liefen sie an der Hauptstraße entlang, bis sie den stark abschüssigen Fußweg zur ruhigen Röckenwiesenstraße erreichten. Laub bedeckte den Asphalt. Rechts und links wuchsen Sträucher und Bäume, jemand hatte einen Elektroscooter in die Büsche geworfen, der am Lenkrad rot blinkte. Hundebesitzer liefen gerne mit ihren Vierbeinern den Weg als Abendrunde. Ein leichter Wind kam vom Talkessel hoch, viel zu warm für November, riss hier und da eins der gelben Blätter von den hohen Baumkronen.

»Schau, da ist es. Sieht es nicht aus wie diese einsamen Hütten, in denen Daryl und die anderen immer Schutz suchen, wenn sie unterwegs sind?«

»Krass. Das ist schon sehr speziell.« Ella betrachtete das heruntergekommene Schrebergartenhäuschen. Zwischen den Bäumen stand es da wie ein überdimensionaler Pilz. Das Dach war über und über mit Laub bedeckt, an einer Seite hing die Regenrinne herunter. Nebendran stand ein Wassertank, der vor Jahrzehnten weiß gewesen war, jetzt war er von innen dunkel angelaufen, wirkte grau. Unter alten Planen schauten Beine von Plastikstühlen hervor. Ein Grill und andere Gerätschaften stapelten sich auf der kleinen Terrasse aus einfachen Betonplatten, die von einem riesigen Schirm überdacht wurde. Auch der war vor vielen Jahren einmal weiß gewesen. Eine graugrüne Patina bedeckte seinen robusten Stoff fast vollständig, der kein einziges Loch aufwies. »Ohne den Straßenlärm wäre es absolut authentisch sein«, stellte sie fest. »Wie seltsam. Diese drei Gärten hier mitten im Wohngebiet. Da hinten sind doch wieder Häuser.«

»Finde ich auch. Jemand hat angefangen, hier aufzuräumen. Früher hingen überall noch alte Petroleumlampen und so. Da ist noch eine rote. Siehst du?« Kathi lehnte sich weiter über die Brüstung, die an dieser Seite des Weges angebracht war. »Was wohl in der Hütte ist?«

Ella schaute sich um. »Es kommt gerade keiner. Sollen wir nachschauen?«

»Du willst über den Zaun steigen?« Kathi runzelte die Stirn und strich eine dunkle Strähne aus dem Mundwinkel.

Ihre Freundin zuckte die Achseln. »Wenn wir über den Zaun sind, kann doch sowieso keiner sagen, ob wir die Gartenbesitzer sind oder nicht. Komm.« Ella war auf die untere Stange der Brüstung gestiegen. Mit einer grazilen Bewegung schwang sie ein Bein über das hüfthohe Metallgerüst. Äste brachen, als sie auf der anderen Seite hinuntersprang.

»Ella, warte. Was, wenn da irgendwas ist? Wer weiß, was da drin ist?« Kathi zögerte.

Die Freundin drehte sich um und grinste. »Glaubst du wirklich, hier in Stuttgart passieren so schreckliche Dinge? Da ist höchstens die Leiche einer Maus drin oder die eines Igels. Zum Glück ist bei uns keine Zombie-Apokalypse, sonst wären wir ganz schnell Beißer, du Schisserin. Komm schon, bevor uns jemand über den Zaun steigen sieht.« Sogleich war sie bei dem Maschendrahtzaun des Grundstücks und bog ihn nach unten, während Kathi immer noch an der Brüstung stand und sich umschaute. »Ich hätte dir gar nicht erst von der Hütte erzählen sollen. Außerdem sind Rick und die Gruppe immer vorsichtig bei solchen Sachen.«

»Mach hin, Kathi.« Ella hatte am biegsamen Zaun eine runtergedrückte Stelle gefunden und stieg gekonnt hinüber. Sie war gelenkig. Kathi hatte sie schon zu Schulzeiten im Sportunterricht für ihre Beweglichkeit und das Körpergefühl beneidet. Bei Ella sah alles viel eleganter aus. Sie selbst hingegen hievte das Bein über die Metallstange, plumpste auf der anderen Seite hinunter, stolperte zum Zaun runter und wäre beinahe drüber gefallen.

»Pass auf.« Ella fasste sie am Arm, drückte den rostigen Draht weiter runter, damit sie besser hinüberklettern konnte.

Die Hütte war eine Bruchbude. Als sie näherkamen, roch es nach Moder, nasser Erde und den Hinterlassenschaften verschiedener Tiere. Kathi tippte auf Fuchs oder Igel. Ihre Schuhe sanken ins Laub und den moosbewachsenen Boden ein. Ella trat auf die Terrasse, schaute sich um. »Das muss früher echt nett gewesen sein. Stell dir das aufgeräumt und geputzt an einem lauen Julinachmittag vor. Der Grill ist an, wir sitzen hier am Tisch, überall schön bepflanzte Pötte und jede einen Aperol Spritz vor sich, dazu nette Jungs. Das wäre klasse.«

»Mmmh«, machte Kathi, dabei schaute sie unter die Sohle ihres Schuhs. Sie hoffte, in nichts Widerliches hineingetreten zu sein. »Hast du genug gesehen? Können wir zurück?« Der Anblick der Hütte bereitete ihr ein seltsames Gefühl im Magen. Überhaupt machte das gesamte Grundstück den Eindruck, absolut fehl am Platz zu sein. Als habe eine Laune der Natur es aus einem anderen Teil der Erde herausgeschnitten und nach Stuttgart verfrachtet, wo es versteckt zwischen zwei Straßen, Wohnhäusern und einem Spielpatz dastand, nicht beachtet und vergessen wurde.

»Sei kein Angsthase, Kathi. Um die Bude schert sich keine Sau. Lass mal sehen, ob die Tür überhaupt zu ist.«

»Das ist jetzt nicht dein Ernst, Ella.«

Ihre Freundin stemmte die Hände in die Hüften. »Wie würdest du die Beißer überleben wollen, wenn du dich nicht einmal traust, in eine Hütte mitten in einer Großstadt zu schauen?«

Kathi verschränkte die Arme vor der Brust. »Beißer gibt's nur im Comic oder der Serie. Hier könnte wer weiß was drin sein. Vielleicht eine Leiche. Die einer jungen Frau. Nachher ist da ein Penner drin, der sich hier für die Nacht versteckt. Irgendjemand hat den Zaun schon umgebogen.«

Ella blickte sie grinsend an. »Stell dir diese Schlagzeile in der Stuttgarter Zeitung vor: ›Junge Frauen entdecken Leiche auf verwahrlostem Grundstück‹ Das wäre voll guter Stoff für einen Tatort.«

»Spinn dich aus«, entgegnete Kathi. Sie schaute auf die Terrasse. »Aber nur ein kurzer Blick, okay? Wenn die Tür nicht aufgeht, lassen wir es gut sein. Versprochen?«

»Meinetwegen.« Ella bahnte sich einen Weg zur Tür, darauf bedacht, ihre Klamotten nicht an der Plane oder den Geräten dreckig zu machen. »Hier ist die Tür.«

Kathi sah sich zum Weg um. Dort war niemand, oder sie konnte es in der Dämmerung nicht gut erkennen. Sie schob ihre Brille zurecht, obwohl diese gar nicht verrutscht war.

»Es ist offen«, hörte sie Ella begeistert sagen. Bei den Worten lief ihr selbst ein Schauer den Rücken runter. Widerwillig folgte sie der Freundin zur Tür, die ein seltsames Geräusch von sich gab, als Ella sie weiter aufzog. Die untere Kante des alten Holzes scharrte über den Beton, gleichzeitig quietschten die Angeln.

»Bäh! Alles verstaubt und versifft.« Ella ließ die Klinke los, schüttelte die Hand.

»Du wolltest ja unbedingt.« Kathi blieb hinter ihr.

Das Licht der Taschenlampenfunktion von Ellas Smartphone erhellte den Innenraum der Hütte. »Was für ein Gerümpel. Sogar eine Liege ist drin. Will gar nicht wissen, was hier schon gelegen ist.«

»Will gar nicht wissen, was da drin gestorben ist.« Kathi würgte, hielt sich die Nase zu. Aus der Bude kam ein entsetzlicher Gestank. Ella hatte den dünnen Schal vor Mund und Nase gezogen, hielt sich die Hand davor, trat ein. »Da, das Regal. Alles voller Plastik- und Metallkanister. Irgendwelche vergammelten Schachteln, Lappen, drüben verrostete Dosen. Da sind bestimmt Nägel und so Zeug drin. Und eine Matratze. Igitt. Die lebt innen bestimmt.«

»Boah, Ella. Lass gut sein. Das ist alles alter Schrott. Wir holen uns hier noch die Krätze, Flöhe oder Tollwut.« Kathi trat einen Schritt zurück. Sie schaute zum Himmel. Durch das spärliche Blätterdach drang wenig Licht, die Sonne war längst hinter dem Berg verschwunden. Der Garten verlor die restlichen Farben. Bald würden die Straßenlaternen angehen. Das hoffte Kathi zumindest. Der Wind hatte sich gelegt, nichts rührte sich. Geräuschlos segelte ein gelbes Blatt zu Boden. Irgendwas knackste am anderen Ende des Gartens, wo kein Licht mehr hinkam. Wieder befiel sie dieses Gefühl, sie wäre an einem weit entfernten Ort, obwohl der bekannte Weg nur wenige Meter auf der anderen Seite des Zauns lag. Gerade kam ein Mann mit zwei Hunden vorbei, Kathi ging einen Schritt zur Hütte, trat in deren Schatten, doch er beachtete sie gar nicht.

»Kathi, komm mal. Das musst du dir ansehen.« Ella war reingegangen.

Beim Gedanken, die Bude betreten zu müssen, stellten sich Kathi die Härchen an den Armen auf. »Muss das sein?«

»Mach schon. Sind das etwa Messer und Macheten?« Ellas Stimme war aufgeregt. »Sie sind akkurat nach Größe sortiert und stecken in so Hüllen. Wie nennt man die doch gleich?«

»Woher soll ich das wissen?« Missmutig trat sie ein.

Ella hatte ein riesiges Messer in der Hand, die Klinge blitzte im Lichtkegel ihres Smartphones. »Cooles Ding.« Sie schwang es hin und her.

Kathi riss die Augen auf. »Ist das so 'ne Machete? Ich sag doch. Hier war jemand zum Aufräumen. Warum hat der so viele von diesen Teilen? Leg es lieber zurück.«

Ella lachte. »Oder ein Kampfmesser. Mach mal ein Bild von mir für Insta und TikTok, das kommt richtig gut bei diesem Hintergrund. Das geht so mega viral in unserer Zombie-Bubble.«

»Garantiert. Aber dann verschwinden wir. Bestimmt braucht man die zum Schneiden der ganzen Büsche und so.« Sie hatte kein gutes Gefühl bei der Sache. Schnell zog sie ihr Smartphone aus der Tasche, machte die Kamera an, während Ella Posen übte. »Mit Blitz, oder?« Sie blickte auf ihr Gerät. »Jetzt, stell dich hin wie Michonne, wenn sie mit ihrem Schwert angreift.« Kathi ließ plötzlich das Smartphone sinken. »Oh, verdammt.«

»Was?« Durch das wenige einfallende Licht konnte Ella das Gesicht ihrer Freundin nur zur Hälfte erkennen, sie merkte an deren Stimme, dass etwas nicht in Ordnung war.

»Hinter dir. Da ist etwas hinten in der Hütte.« Kathi packte sie am Arm, zog sie zu sich. Ella ließ die Machete fallen. Sie hörten ein Fauchen, Scheppern an den Regalen, etwas fiel mit dumpfem Schlag zu Boden. Sie drängten sich zum Ausgang. Als Ella sich umdrehte, starrten zwei leuchtende Punkte aus der Dunkelheit. Sie hielt das Smartphone drauf, kreischte los. Kathi schreckte auf, ließ ebenfalls einen lauten Schrei hören. Panisch traten sie ins Freie. Etwas Kaltes, sehr Feuchtes berührte ihre Gesichter, Hälse und jedes Stückchen freie Haut wie Nebel, als sie durch den Türrahmen stolperten. Sie schrien noch mehr.

Schrill miauend folgte ihnen etwas, huschte zwischen ihren Beinen hindurch und verschwand in den Büschen. Kathi sprang zur Seite, Ella stand wie erstarrt.

Zitternd blieben sie auf der dunklen Terrasse. »Eine Katze, es war nur eine verdammte Katze«, flüsterte Ella, lachte kurz.

Doch Kathi merkte gleich, dass ihr der Schreck genauso in den Knochen saß wie ihr. »Gehen wir. Das war gruselig genug, findest du nicht?«

»Fuck! Das war echt weird.« Ella lachte, zog aber dennoch die Schultern hoch und schüttelte sich. Sie schlug die Tür zu. »Das war die richtige Einstimmung auf den Abend. Konntest du ein Bild für Insta machen? Wir hätten einen kurzen Film für TikTok aufnehmen sollen. Da gehe ich aber jetzt nicht nochmal rein. Die Messersammlung ist zu hart. Nachher geht wirklich was in Stuttgart.«

Kathi hielt ihr Smartphone fest. »Lass uns verschwinden. Die Bilder können wir daheim anschauen.«

Sie stiegen über den Zaun, kletterten den kleinen Hang hoch, über die Brüstung. Sirene und Blaulicht von der oberhalb verlaufenden Rotenwaldstraße holten sie in die Realität zurück.

»Wie in so einem trashigen Horrorfilm, diese Katze«, witzelte Ella. »Darf ich mir bei dir 'ne Jogginghose ausleihen? Ich befürchte, ich habe überall Dreck und Spinnenweben an mir hängen.«

»Am besten wir verbrennen alles«, lachte Kathi. Ihr Herzschlag wurde wieder ruhiger, langsam wich das Adrenalin aus dem Blut. Irgendwo knallte es, kurz darauf ging die Alarmanlage eines Wagens los.

»Ordentlich was los, bei euch im Westen«, kommentierte Ella den Lärm. Sie gingen weiter die Rotebühlstraße hinunter, vorbei am Goldoni, wo sie immer Pizza holten, wenn am Monatsende noch Geld übrig war. Heute würden sie sich mit Toast, Schinken und Frischkäse begnügen müssen. Alles andere war für den Sekt sowie Knabbereien draufgegangen. Aber ein Serienfinale musste schließlich gefeiert werden. An den Treppen, die den oberen mit dem unteren Teil der Rotebühlstraße verbanden, hörten sie erneut ein Martinshorn. Vielleicht war es diesmal die Feuerwehr. Oder in der Innenstadt demonstrierten wieder welche. Für Freitagabend ungewöhnlich.

»Die parken bei euch wie die letzten Assis«, plauderte Ella weiter. Zwei Autos standen auf dem Fußgängerweg vor einem Hauseingang.

»Ist bestimmt wieder ein Umzug. Für normal stehen die nicht so.« Kathi schaute hinüber auf die andere Seite. Das Auto war direkt vor den Eingang gestellt worden. Die Beifahrertür stand offen. Da machte sich jemand das Leben leicht, ohne Rücksicht auf den Rest der Nachbarschaft. Sie gingen ein Stück die Rotenwaldstraße hinauf, über die Ampel. Kathi wohnte am Rand des Leipziger Platzes. Ein Haus voller Einzimmerwohnungen, das früher ein Schwesternheim gewesen war. Neben Studenten lebten hier ältere Leute und Singles. Aus dem ersten Stock hörten sie lautes Schreien. »Das ist der alte Friedrich, der brüllt immer rum, wenn Frau Raisch QVC auf volle Pulle macht«, erklärte Kathi. »Alles etwas hellhörig, außerdem sind die alten Leute taub.« Ihre Wohnung war im zweiten Stock. Man ging vom Treppenhaus durch eine Tür einen Balkon entlang, an dessen linker Seite die Wohnungstüren waren. Kleine Fenster für Bad und Küche säumten die Wand. Kathi schloss die dritte Tür auf, sie standen direkt in der Küche, die zugleich Flur war. Links ging es ins winzige Badezimmer mit Klo, Waschbecken und Dusche, geradeaus ins große Zimmer mit Balkon zur Straße hin. Nachdem sie sich umgezogen hatten, schaltete Kathi den Fernseher an. Sie machten es sich auf dem Zweier-Sofa bequem. Der Sekt perlte in den Gläsern, die Leselampe warf ein warmes Licht in den Raum.

»… kam es zu zahlreichen Ausschreitungen in verschiedenen deutschen Großstädten. Die Polizei hat vielerorts Schwierigkeiten, die Personen …«, hörten sie den Sprecher von n-tv, bevor auf dem Bildschirm das rote N von Netflix erschien, kurz darauf der gesamte Schriftzug.

»Dann mal los!« Ella erhob ihr Glas, reichte das andere an Kathi. »Auf die letzten Folgen von The Walking Dead.« Sie prosteten sich zu und Kathi startete die Folge. Keine von ihnen schenkte den Smartphones Beachtung, die immerzu aufleuchteten und vibrierten, dabei hatten sie die Bilder der Hütte noch nicht einmal hochgeladen.

Ella hob den Kopf vom Kissen, strich sich die Haare aus dem Gesicht. Leichter Schmerz an den Schläfen erinnerte sie an die drei Gläser Sekt vom Vorabend. Sie hatten außerdem noch mit Rotwein, den Kathi von einer Party übrig hatte, das Serienfinale gefeiert. Die Freundin lag friedlich an der Wand, der Atem ging regelmäßig, sie schlief. Gähnend setzte sich Ella auf das Sofa direkt am Bett, griff nach ihrem Smartphone. Es wurde Zeit, die Bilder der Gruselhütte genauer anzuschauen. Das würde viele Klicks und Herzen auf Insta geben. Der rote Kreis bei WhatsApp zeigte 55, Telegram 87.

»What?« Ella klickte auf das grüne Symbol. Die WG, ihre TWD-Gruppe, Mama und auch Luka, andere WG-Bewohner sowie Freunde hatten Nachrichten geschickt:

»Schalte den Fernseher ein.«

»Was geht denn hier ab?«

»HABT IHR DIE NACHRICHTEN GESEHEN?«

Ellas Augen weiteten sich bei jeder weiteren Nachricht, die sie las. Schnell klickte sie durch die Headlines der Online-Nachrichten. Luka hatte sich 12-mal gemeldet: »Wo steckst du? Hier bricht die Apokalypse los. Marc ist zu seinen Eltern. Dani und Marlene auch.« Und dann: »Geht es dir gut? Melde dich!«

»Kathi, wach auf«, sagte Ella, sprang schnell vom Sofa. »KATHI, steh' sofort AUF!«

Nörgelnd drehte sich die andere auf den Rücken. »Was schreist du so? Es ist Samstag, wir haben frei.«

»Schau auf dein Handy. Los jetzt.«

Verschlafen rieb sich Kathie die Augen, drehte sich zur Seite. »Wieso denn? Was ist los? Ist jemand gestorben?«

»Mach schon. Hier will uns entweder jemand ganz derbe verarschen oder …« Ella starrte auf das Display. Leises Stöhnen war aus dem Gerät zu hören, dann Schreie.

Kathi stand auf, nahm ihre Brille von der kleinen Ablage am Bett. Ella drückte gerade den weißen Pfeil, um das Video nochmals abzuspielen. Die wackeligen Bilder zeigten einen Mann, dessen Gesicht zu einer Grimasse verzerrt war, der Mund stand offen, die Schultern hingen schlaff herunter.

»Der spielt das echt gut. Das ist aber noch lange kein Grund, mich zu wecken«, maulte Kathi und wollte wieder ins Bett. Die Freundin hielt sie fest. »Warte mal.« An den wackeligen Bildern konnten sie eine Bushaltestelle sehen, die Einfahrt zu einem Parkhaus.

»Das ist beim Marienhospital«, platzte Kathi heraus. Auf dem Video beugte sich der Mann im karierten Herrenpyjama mit Pantoffeln an den Füßen über eine Passantin und biss ihr in den Arm, den sie abwehrend vor sich hielt.

Schreie. Diesmal nicht aus dem Smartphone, sondern von draußen. Die Freundinnen blickten auf.

»Was war das?« Ella ließ das Handy aufs Bett fallen und griff nach ihrer Jeans.

»Klang fast wie der alte Friedrich, wenn er sich mit der Raisch streitet.« Kathi korrigierte die Brille auf ihrer Nase, ging langsam zur Tür. Die Schreie wurden lauter. »Was treiben die da unten?«

»Ich zieh mich an. Egal, ob fake oder echt. Ich werde das nicht im Nachtshirt erleben.« Ella war angezogen, band die Haare zu einem Pferdeschwanz, streifte den Pulli über.

Kathi blickte sie skeptisch an. »Bist du noch betrunken? Das ist bestimmt ein dummer Scherz und die Nachbarn streiten immer.« Sie griff zu ihrem eigenen Smartphone, das gerade vibrierte. »Guten Morgen, Mama. Ja, mir geht es gut. Ja, ich komme morgen zum Essen. Nein, in Stuttgart ist alles okay. Nein, ich habe noch nicht Nachrichten geschaut.« Sie verzog das Gesicht, während sie sich das Gerät ans Ohr hielt. »Nein, keine Drogen, Mama. Ich weiß nichts davon. Ella und ich haben gestern Serie geschaut, keine Nachrichten. Ja, ich schaue gleich.« Sie rollte die Augen. »Ja, bleibt daheim. Ich bringe die Sachen mit. Ja, gut. Bis morgen. Tschüss.«

Genervt ließ sie das Smartphone sinken. »Spinnen jetzt alle rum? Meine Mutter sagt, es gibt eine neue Corona-Variante, die die Leute verrückt macht. Sie werden aggressiv, gehen auf andere los. Wir sollen unbedingt die Nachrichten anschauen.« Kathi nahm die Fernbedienung, als die Schreie im Haus noch lauter wurden. »Jetzt wird es echt zu krass. Ich gehe nachschauen.«

»Ich komme mit.« Ella tippte auf ihrem Smartphone. »Das ist echt spooky, was die hier schreiben und teilen.«

Als Kathi sich angezogen hatte, gingen sie raus. Lautes Fluchen wurde unterbrochen von krächzenden Lauten. Es war eindeutig eine Männerstimme, die fluchte. Kathi lief zum Treppenhaus, die Stufen runter. Im ersten Stock riss sie die Tür zum langen Balkon auf. Herr Friedrich hing rücklings über dem Geländer, über ihm eine keifende und krächzende Frau Raisch im gelben Bademantel, die Arme nach seinem Gesicht ausstreckend. Der alte Herr hatte seinen Gehstock zwischen sich und dem Hals der Nachbarin gebracht. Die Freundinnen blieben in der Tür stehen.

»Das glaube ich nicht«, sagte Kathi schließlich.

»Wie krass.« Ella hielt mit der Kamera ihres Smartphones auf die Szene. »Scheiße, was ist mit denen los?«

Der Mann bemerkte sie. »Hilfe! Jetzt macht schon. Haltet sie fest.« Schon bald würden die beiden vom Balkon fallen, und das wäre schlimm genug. Viel entsetzlicher war, fand Kathi, dass auch Frau Raisch sie bemerkt hatte, kurz zu ihnen herüberblickte, die Augen seltsam verfärbt, der Mund schief und offenstehend.

»Was soll das, verdammt? Halloween war schon.« Kathi wich einen Schritt zurück.

Herr Friedrich nutzte die Gelegenheit, um unter Ächzen und größter Anstrengung wieder in die Senkrechte zu gelangen. Mit einem erstaunlich kräftigen Ruck schleuderte er die Nachbarin von sich. Die taumelte gegen den Türrahmen, nur um dort gleich wieder die Arme nach ihm auszustrecken und erneut in sein Gesicht zu fassen.

»Was ist los mit dieser alten Vettel? Die stöhnt hier rum, will mich beißen«, motzte er. »Frau Raisch, nun kommen Sie zu sich. Was machen Sie da?« Er war genervt und empörte sich. »Igitt, duschen Sie endlich mal. Sie stinken wie der Tod.«

Ella und Kathi zuckten zusammen.

»Helft mir, Mädels! Wir müssen sie ruhigstellen und den Arzt holen. Da stimmt was nicht. Verdammt, ist die stark.«

Die Alte hatte Herrn Friedrich wieder ans Geländer des Balkons gedrückt. »Helft mir doch. Steht da nicht nur rum und glotzt.«

Schon bog sich der Rücken des Alten über das Geländer, mit Mühe hielt er die Nachbarin von sich fern.

Wie versteinert beobachteten die Freundinnen die Szene.

»Weißt du, wie das aussieht? Das ist wie …«, begann Ella.

»… The Walking Dead«, endete Kathi.

Ella klopfte Kathi auf den Rücken. »Wir müssen ihm helfen. Vielleicht hat sie auch nur einen Krampf, einen Anfall oder so.«

Kathi nickte. »Du hast recht.« Sie ging auf die Kämpfenden zu. »Frau Raisch, alles in Ordnung? Sollen wir den Arzt rufen?« Sie hielt sich seitlich am Geländer, während Frau Raisch krächzend über Herrn Friedrich hing und versuchte, ihm ins Gesicht zu beißen. Gelber Schleim lief aus ihrem Mund.

»Frau Raisch, haben Sie vielleicht was Falsches gegessen? Oder irgendwelche Medikamente genommen? Sollen wir jemandem Bescheid geben?«, versuchte es Kathi nochmals.

Die Nachbarin wandte sich ihr zu. Die Augen schauten zwar in ihre Richtung, aber mehr durch sie hindurch. Sie hatte von dem Mann abgelassen, trat auf Kathi zu.

»Scheiß Idee. Komm her, Kathi!« Ella schrie.

Die Nachbarin schlurfte auf sie zu. Kathi sah, wie Herr Friedrich mit seinem Gehstock ausholte.

»Schluss mit dem Quatsch!« Er versetzte der Frau einen Hieb an den Arm. Doch die ignorierte das, hielt weiter auf Kathi zu, die einige Schritte zurückgewichen war.

»Was zum Teufel ist hier los?«, rief der Mann hinter Frau Raisch.

Kathi bewegte sich weiter zur Treppenhaus-Tür zurück. »Was machen wir?«

Ella packte sie am Arm, riss sie in den Hausflur, schlug die verglaste Tür zu. Scheppernd und wackelnd fiel die ins Schloss. Frau Raisch knallte dagegen, das Gesicht am Glas plattgedrückt, den Mund offen, mit den Armen gegen die kleinen rechteckigen Scheiben rudernd. Hinter ihr tauchte Herr Friedrich mit erhobenem Gehstock auf.

»Das ist der krasseste Traum, den ich seit Langem hatte.

Wenn ich das nachher Kathi erzähle, die lacht mich aus.«
Ella stand an der Tür und starrte in das Gesicht der alten Frau.

»Ella, halt die Klappe. Ich habe Angst. Das ist kein Traum. Was geschieht hier gerade?«

Die kleine Scheibe links oben gab unter den Schlägen nach, brach aus dem hölzernen Rahmen. Die Alte streckte erst Hand, dann Arm hindurch, die Haut riss an den kleinen Splittern im Rahmen, aber es schien ihr nichts auszumachen. Ella schrie laut auf, ließ die Tür los und wich zurück. Mit einem festen Schlag traf der Gehstock die Schulter der Frau, wieder ohne jeden Effekt.

Kreischend beobachteten die Freundinnen, wie hinter Herrn Friedrich die Wohnungstür am Ende des Balkons aufging. Eine Frau kam mit festen Schritten auf sie zu, in der einen Hand ein rosa Küchenmesser, in der anderen einen Hammer. Sie schubste Herrn Friedrich zur Seite, holte aus. Kathi hielt sich die Augen zu. Als sie wieder hinsah, lag Frau Raisch komisch verkrümmt auf dem Boden, ein rosa Messergriff aus Plastik ragte aus ihrer zerzausten Frisur, wie ein falsch aufgedrehter Lockenwickler.

»Frau Pavlović«, hörten sie den alten Friedrich anerkennend ausrufen.

»Herr Friedrich, guten Morgen.« Die Frau sprach die ›r‹ hart und rollend aus.

»Woher wussten Sie?« Er beugte sich über die leblose Nachbarin, stupste sie mit dem Gehstock an, als begutachte er ein überfahrenes Eichhörnchen.

»Zombie. Wahrscheinlich ist Frau Raisch heute Nacht gestorben«, antwortete die Frau und wischte sich die Hände an einem Küchentuch ab. »Immer auf Kopf, Herr Friedrich. Nur auf Kopf.«

Er brummte, nickte zustimmend. »Verstehe. Draufschlagen hilft nicht?«

»Doch, doch. Aber das ist immer Schweinerei. Viel zu putzen. Sauberer ist mit Messer in den Schädel oder Schraubenzieher. Schädel muss kaputt gehen mit Gehirn. Nicht wichtig, Hauptsache Kopf ist Matsch oder durchstochen.«

Die Freundinnen hörten die Stimme der Frau durch die herausgebrochene Scheibe, die Splitter in der Holzfassung schimmerten feucht, dunkles Blut klebte daran. Frau Pavlović schaute auf. Die dunklen Haare streng zu einem Dutt am Hinterkopf gebunden, sah man nur hier und da eine graue Strähne durchschimmern. »Aha, die leben.«

Kathi packte Ella. »Die hat die Alte gerade niedergestochen. Wir gehen. Jetzt gleich.« Sie rannten die Treppen hinauf, in Kathis Wohnung, schlugen die Tür zu, Kathi drehte die Schlüssel im Schloss. »Ruf die Polizei, Ella. Ruf die Bullen. Wir müssen den Mord melden.«

Die andere rührte sich nicht, das Smartphone in der Hand. Dann endlich entsperrte sie das Gerät, wählte. »Besetzt.«

»Dann versuch's nochmal.« Kathi ging zum Balkon. »Kein Verkehr.«

»Ja und?« Ella wählte erneut, stellte auf Lautsprecher. Ein lautes Besetztzeichen ertönte in der Einzimmerwohnung.

»In der Rotenwaldstraße ist immer Verkehr, wenn auch manchmal wenig«, erklärte Kathi.

»Jetzt dreh mal nicht durch. Vielleicht ist irgendwo ein Unfall oder so. Was sollen wir der Polizei überhaupt sagen? Hallo, wir haben beobachtet, wie ein alter Sack eine noch ältere Frau versuchte k.o. zu schlagen, nachdem sie ihn beißen wollte. Dann kam eine andere dazu und hat ihr ein rosa Küchenmesser in den Kopf gerammt? Die kommen nicht, sondern schicken eher einen Krankenwagen, der uns in die Klapse bringt.« Ella drückte genervt den Button zum Auflegen.

Kathi starrte sie an. »Hattest du nicht auch den Eindruck,

dass Frau Raisch sich wie ein Beißer verhalten hat?«

Die Freundin drückte Wahlwiederholung – besetzt. »Wie kann es sein, dass bei der Polizei immer besetzt ist?«

»Sag mal, Ella. Hast du mir zugehört?«

»Das ist Luka. Was will der denn so früh am Morgen? Der pennt doch sonst bis zwölf.« Ella schaute auf ihr Gerät. »Hey Luka.« Aus dem Smartphone kam ein lauter Redeschwall, für alle Umstehenden auch ohne Lautsprecherfunktion gut verständlich. Der Anrufer rief wild, fragte wirr durcheinander seltsame Sachen und forderte Ella immer wieder auf, sich ein Video anzuschauen.

»Okay, Luka. Ich schaue es mir gleich an. Ja, ich rufe dich an. Nein, ganz sicher rufe ich an. SCHON gut, ich mache es nebenher, bleib dran.« Ella nahm das Smartphone vom Ohr und winkte Kathi heranzukommen, sie öffnete WhatsApp. Im Zombie-Chat Stuttgart waren mehrere Videos hochgeladen, eins davon von Luka. Es zeigte einen jungen Mann in ihrer WG, wie er auf Luka zukam, den Hals leicht zur Seite gelegt, die Augen komisch gefärbt, und er stöhnte mit aufgerissenem Mund. Das Video wackelte stark. Als Nächstes sahen sie, wie Luka den Typ in die Küche schubste und die Tür zuschlug.

»Der hockt jetzt da drin, stöhnt, als hätte er Schmerzen. Jedes Mal, wenn ich versuche, mit ihm zu reden, packt er meinen Arm und versucht, mich zu beißen. Das ist doch total irre. Marc ist zu seinen Eltern abgehauen, als er den so gesehen hat.«

»Aha«, gab Ella zurück.

»Weißt du, wie das gerade aussieht?«

»Wie Zombies aus The Walking Dead?«, fragte Ella trocken.

Am anderen Ende wurde es still, dann hörten sie ein lautes Ausatmen. »Genau.«

»Willst du mich verarschen?«, blaffte Ella ins Telefon. »Seid ihr alle durchgedreht? Was soll das für ein dummer Scherz sein, Luka. HAHAHA!« Sie legte auf. »Was für ein Vollhonk.«

»Du, Ella …« Ein lautes Klopfen an der Wohnungstür unterbrach Kathi. Beide schauten zum Flur.

»Mädels, macht die Tür auf.«

Kathi schluckte. »Das ist der Friedrich«, flüsterte sie und hielt den Zeigefinger an die Lippen.

»Meddchen, macht die Tür auf. Wir müssen sprechen.« Frau Pavlovićs Stimme war ernst.

Ella schluckte, wählte, besetzt. »Wir reden nicht mit Mördern.«

Auf der anderen Seite der Tür wurde es still.

»Zombies sind bereits tot. Das solltet ihr wissen«, rief Herr Friedrich.

Die Freundinnen schauten sich an. Ella schüttelte den Kopf und drückte nochmals die Nummer des Notrufs mit dem gleichen Erfolg wie die Male zuvor. »Sind denn alle verrückt geworden?« Sie klang ängstlich.

»Wir tun euch nichts. Wir wollen wissen, was ihr gestern Abend gemacht habt. Wo wart ihr?« Wieder war es die Frau.

»Wieso?« Kathi war über die Festigkeit ihrer Stimme erstaunt.

Wieder Stille.

»Was sollen wir jetzt machen?« Sie schaute Ella an, die an der Haut des Daumennagels herumbiss, wie sie es immer tat, wenn sie nervös war. Dann ging sie zum Fernseher, schaltete den Nachrichtensender ein. »Ameisenfußball.« Sie schaltete weiter. Überall kamen schwarzweiße Punkte. Sie wählte, das nervtötende Besetzzeichen erklang. »Scheiße, scheiße, scheiße.«

»Mädels, macht die Tür auf. Uns läuft die Zeit davon.

Wo wart ihr gestern?« Es war der alte Friedrich. Bedrohlich hörte es sich nicht an, wie er sprach. Ella lief in den Flur, riss die Schublade auf und holte eins von Kathis langen Messern raus.

»Sag mal, spinnst du?« Kathi trat zu ihr.

»Was sollen wir sonst machen?«

An der Tür klopfte es ein weiteres Mal. Sie nickten sich zu. Als Kathi die Tür öffnete, bot sich den Freundinnen ein merkwürdiger Anblick. Direkt auf der Fußmatte stand Herr Friedrich in einem dunkelblau-rot karierten Flanellhemd, das in einer abgetragenen schwarzen Handwerkerhose steckte. Diese wurde von einem Gürtel gehalten, in dem ein Hammer, ein langer Schraubenzieher, ein Küchenmesser und eine fette Maglight steckten. Auf dem Kopf trug er einen Helm, der mit großer Wahrscheinlichkeit aus der Nachkriegszeit stammte. Hinter ihm stand Frau Pavlović. Kathi erkannte, dass diverse bunte Messer an ihrem Gürtel steckten, aber auch eine Waffe in Lederscheide.

»Ah ja. Danke. Also, Zombies, ja? Wenn jemand stirbt, verwandelt er sich. So, so. Nie gehört. Sollte die Serie anschauen«, begann Herr Friedrich, schob Kathi und Ella zur Seite, betrat die Wohnung, gefolgt von Frau Pavlović, die als erstes über die Platte der Kochzeile fuhr, nur um daraufhin ihre Finger auf Schmutzreste zu kontrollieren. Ihr strafender Blick ließ Kathi rot werden.

Ellas Smartphone durchbrach die peinlich werdende Stille, nachdem die Wohnungstür ins Schloss gefallen war. Sie hörten die Stimme des jungen Mannes, verzweifelt, wenn auch ungläubig, zum Ende hin panisch. »Ist okay. Beruhige dich. Wir kommen.« Sie legte ein weiteres Mal auf, starrte in die Runde. »Wir müssen Luka retten. Er hält einen Bekannten in der Küche gefangen und denkt, dieser sei ein …« Sie schloss die Augen, atmete tief durch. »Zombie.«

»Sehen Sie, Herr Friedrich. Früher oder später sie haben begriffen.« Frau Pavlović verschränkte die Arme, während sie Kathis Fenster betrachtete, danach überprüfte sie den Schreibtisch auf Krümmel, Staub und andere Unreinheiten. »Putzen, Schätzchen. Gründlich putzen.«

»Also«, übernahm Herr Friedrich das Gespräch. »Wo seid ihr gestern gewesen? Es ist wichtig, damit wir wissen, wo wir mit der Suche beginnen müssen. Es bleibt nicht besonders viel Zeit.«

»Was suchen?«, fragten die beiden wie aus einem Mund.

»Das Portal«, entgegnete Herr Friedrich. »Es ist lange her, dass jemand eins durchquert hat. So lange, dass ich nicht einmal bemerkt habe, dass ein zweiter Portalwächter gleich in der Nähe lebt.« Er warf einen schüchternen Blick auf seine Nachbarin, die weiter damit beschäftigt war, Staub und Schmutz auf Möbeln und Gegenständen zu inspizieren.

»Ihr ein altes Tor durchschritten, gestern? Oder ihr seid durch alte Tür gelaufen? Wart in einem Keller, einer Villa?«, fragte sie, während sie die Sektgläser nahm und in die Küche trug. »Ist gestern etwas Seltsames passiert?«

Wieder Ellas Smartphone. Nachdem sie den grünen Knopf gedrückt hatte, hörten sie ein gequältes Schreien: »BEEILT EUCH! ER ZERLEGT DIE TÜR!«

»Wer ist das?«, wollte Herr Friedrich wissen.

»Ellas WG-Mitbewohner.« Kathi hatte unter Frau Pavlovićs strengen Blicken angefangen ihre Bettwäsche ordentlich hinzurichten. Sie hörte auf, ein Kissen auszuschütteln. »Wir haben gesehen, wie Sie Frau Raisch getötet haben.«

»Ihr meint Zombie-Raisch. Das nicht mehr Frau Raisch.« Frau Pavlović hatte die Sektgläser sowie das restliche Geschirr abgespült, griff zum Küchentuch. »Wo ist dein Lukas?«

»Luka«, korrigierte Ella. »Und nicht meiner.«

»Wir retten erstmal diesen Lukas. Kommt mit.« Herr Friedrich ging zur Tür, öffnete sie vorsichtig, spähte hinaus. »Die Luft ist rein.«

Frau Pavlović stellte die abgetrockneten Gläser hin, hängte beim Hinausgehen das Küchentuch ordentlich an den Ofengriff. »Zieht feste Schuhe an und nehmt euch was als Waffe mit.«

Kathi kam der Aufforderung ohne Zögern nach. Ella blieb stehen, rührte sich nicht.

»Los, Ella. Luka braucht unsere Hilfe.«

Ella schüttelte den Kopf. »Das ist doch echt ein sehr realistischer Traum. Wenn ich das morgen früh Kathi erzähle. Die wird sich nicht mehr einkriegen vor Lachen.« Sie setzte sich aufs Bett.

Ihre Freundin hatte sich mit einem weiteren Küchenmesser bewaffnet. »Kein Traum, Ella.«

»Das kommt sicherlich daher, weil wir so viele Folgen am Stück geschaut haben.«

Es klatschte laut.

»AUA! What the fuck?!« Ella war aufgesprungen und hielt sich den linken Oberarm. »Haste sie nicht mehr alle?«

»Wenn das dein Traum ist, dann fühlt er sich auch für mich sehr real an. Das ist so weird.« Kathi lief mit offener Jacke aus der Wohnung. Einen Augenblick hielt sich Ella den schmerzenden Arm, dann folgte sie den anderen. Im Hof stiegen sie in einen alten 180er Benz aus den 90er Jahren. Herr Friedrich hatte das Tor geöffnet. Frau Pavlović schloss es gewissenhaft, nachdem sie hinaus auf die Straße gefahren waren.

»Wo genau müssen wir hin?« Herr Friedrich setzte den Helm ab.

»Wagenburgstraße 96«, erklärte Ella, während sie in die Rotebühlstraße Richtung Zentrum einbogen. Keine Autos waren auf den Straßen unterwegs. Stattdessen liefen vereinzelt Menschen im schlurfenden Gang umher, die Schultern schlaff, die Köpfe leicht zur Seite geneigt. Beim Motorengeräusch drehten sie sich dem Fahrzeug zu.

»Los, Meddchen. Erzählt endlich, wo ihr gestern wart. Ist wichtig.« Frau Pavlović kämpfte mit dem Anschnallgurt des Beifahrersitzes. Ihre Messer waren im Weg.

»Wir waren oben beim Rewe am Westbahnhof und sind zu Fuß hinuntergelaufen«, begann Kathi. »Wir waren weder in einem anderen Haus noch in irgendwelchen Kellern oder sonstigen Geb…«

Ella stieß sie mit dem Ellbogen an. »Das Gartenhäuschen.«

»Welches Gartenhäuschen?«, kam es von vorne im Chor.

Abwechselnd erzählten sie den Nachbarn, wo sie gewesen waren. An den Autofenstern zog die menschenleere Hauptstraße vorbei, die Knosp-Villa, dann die Bushaltestelle Senefelder Straße. An der Johanneskirche hatten sie ihren Bericht beendet. Auf der neuen See-Promenade gingen einige seltsame Gestalten spazieren, die in Gang und Körperhaltung den vorherigen ähnelten. An der Kreuzung Silberburgstraße bremste Herr Friedrich scharf. Ein Bus stand mitten auf der Straße, ein Sportwagen war ihm frontal in die Seite gefahren. Auch von der anderen Seite war der Bus von einem Kleintransporter erwischt worden, sodass alle Fahrzeuge leicht diagonal mitten auf der Kreuzung standen.

»Hm, wie heißt diese Zombie-Serie nochmal?«, fragte Herr Friedrich, ohne den Blick von dem Unfall zu wenden. Sie konnten leblos wirkende Menschen im Bus erkennen.

»The Walking Dead«, flüsterte Kathi.

»Also, was passiert für gewöhnlich in solchen Situationen bei diesem Waking Ted?«

»The Walking Dead, Herr Friedrich«, wiederholte Frau

Pavlović in perfektem Englisch.

»Ja, gewiss«, gab er kleinlaut zurück. »Was passiert bei diesem«, er schnalzte mit der Zunge. »Ihr wisst schon, Det?«

Ella kicherte leise, Kathi bemerkte das milde Schmunzeln um Frau Pavlovićs Mundwinkel, während Herr Friedrich sich räusperte. »Was?«, fragte er zerknirscht.

»Normalerweise steigt einer aus und schaut sich um, während die anderen ihm Deckung geben. Meistens mit Pfeil und Bogen oder halt Waffen, die keinen Lärm machen.«

»Haben wir nicht«, kommentierte er mit fester Stimme.

»Oder aber alle steigen aus und untersuchen die Stelle«, setzte Kathi nach.

Ein dumpfer Schlag auf das Heck des Autos ließ sie erst zusammenzucken, dann aufschreien. Als die Freundinnen sich umdrehten, waren zwei Gestalten ans Auto gekommen, lagen jetzt auf dem Kofferraumdeckel, die Arme und Oberkörper auf der Heckscheibe. Ihre Münder waren weit aufgerissen, die Augen hervorquellend.

»Manchmal werden sie von Zombies überrascht, müssen sofort die Flucht ergreifen«, schrie Ella. »Geben Sie Gas!«

Herr Friedrich schüttelte den Kopf. »Nein, so funktioniert das nicht. Wir machen das anders. Zuerst legen wir den Rückwärtsgang ein.«

Kathi und Ella klammerten sich an die Vordersitze, um mehr Platz zwischen sich und die Heckscheibe zu bringen.

»Dann geben wir vorsichtig Gas, sodass die Herrschaften nach hinten gedrängt werden«, erklärte er seelenruhig, als sich der Wagen in Bewegung setzte. »Erst wenn die Gestalten sich bewegen, geben wir mit viel Gefühl etwas mehr Gas, damit sie zur Seite navigiert werden.«

Frau Pavlović beobachtete sein Treiben mit zusammengezogenen Augenbrauen, dann schaute sie zur Heckscheibe hinaus, wo die beiden Untoten zu beiden Seiten des Autos verschwanden und jetzt an den Seitenscheiben schabten, während sie an ihnen vorbeifuhren. Kathi schluckte schwer. Der Ruck war so heftig, dass sie wieder auf die hinteren Sitze geschleudert wurde. Mit Vollgas preschte der Mercedes rückwärts die leere Rotebühlstraße hinauf. Jetzt konnten sie die torkelnden Toten in der Frontscheibe sehen.

»Herr Friedrich«, entfuhr es Frau Pavlović. »Hätte Ihnen nicht zugetraut sowas.« Sie sah ihn verzückt an.

»Gelernt ist gelernt, Verehrteste.« Er legte den Vorwärtsgang ein, bog gegen die Fahrtrichtung in die Hermannstraße ein.

»Das ist eine Einbahnstraße, Herr Friedrich.« Kathi hatte sich wieder gefangen.

»Das Leben ist auch eine.« Bei dem Satz griff er in das Fach der Fahrertür, holte eine Sonnenbrille raus, dann drückte er eine Kassette in das alte Deck des Original-Mercedes-Benz-Radios. Kurz darauf erklang in unglaublich schäbiger Qualität »Flieg mit mir zu den Sternen«.

»Roland Kaiser«, stellte Frau Pavlović trocken fest.

Sie erreichten die Reinsburgstraße, wo sie links einbogen. Die Ampeln waren alle ausgeschaltet. Hier und da stand ein Auto mitten auf der Straße, keine Menschen, keine Zombies. Sie fuhren hinunter, vorbei am Polimax auf die Paulinenbrücke. Zu ihrer aller Erstaunen kam ihnen auf der Gegenseite ein dunkelblauer Ford Ranger entgegen.

»Ah, der Joschi.« Herr Friedrich kurbelte das Fenster runter. »HEY, JOSCH!«

Auch das andere Fahrzeug wurde langsamer. Aus dem Wagen lehnte sich ein Mann mit getrimmtem Bart. Das karierte Flanellhemd hatte er an den Armen hochgekrempelt. Er grinste. »Hey, Bruno. Wieder eins von deinen?«

Herr Friedrich nickte. »Ja, wieder das Gartenhäuschen. Wir hätten es damals einfach abfackeln sollen.«

Der andere Mann hob die Finger zur Stirn, als würde er salutieren. »Ich fahre mal hin und schau mich um.«

»Ja, pass auf. Diesmal sind es Zombies.«

Joschi nickte. »Wie in The Walking Dead.«

»Genau!«

»Wo fährst du hin?«

»Noch jemanden retten. Da ist anscheinend ein Junge in Nöten.«

»Der Portalöffner?«

»Ne, das sind die da.« Er zeigte auf den Rücksitz. »Sagt mal Hallo zu Joschi.«

Kathi blinzelte, als Ella sie mit dem Ellbogen anstieß, dann kurbelte sie das Fenster runter, wobei sie peinlichst darauf achtete, den etwas lockeren Plastikgriff des Fensterhebers nicht abzubrechen.

»Hallo«, piepste sie zum Fenster raus, winkte zaghaft.

»Hey«, rief Ella neben ihr.

Der Mann grinste. »Freut mich. Ihr habt uns also die Zombies beschert? Danke auch.«

Kathi starrte ihn wortlos an.

Hinter ihr erklang Ellas Smartphone. »Das ist Luka. Ich glaube, wir sollten weiter.«

»Bis nachher, Joschi. Da ist der Kleine am Telefon.«

Ohne Vorwarnung gab Herr Friedrich Gas. Der Mann verschwand aus Kathis Sichtfeld, stattdessen zerzauste der Fahrtwind ihre Haare. Sie bemerkte die kalte Novemberluft auf ihrer Haut und kurbelte das Fenster wieder hoch.

»Hat noch gefehlt, dass du anfängst zu sabbern«, meinte Ella und ging ans Telefon. »Ja, Luka. Wir sind schon an der Hauptstätter Straße. Was? Auf der Straße? Wie auf der Straße? Aber woher ... Hallo? Luka? HALLO?« Sie starrte auf das schwarze Display.

Herr Friedrich beschleunigte. Sie fuhren an den Unterführungen auf der B14 entlang, vorbei am Breuninger, über die Kreuzung zur Staatsgalerie und rechts ab zum Wagenburgtunnel. Die Stadt lag da wie ausgestorben. Als sie in den Tunnel einbogen, sahen sie auf der gegenüberliegenden Seite einige Leute den Weg hinauflaufen, der früher zur Röhre geführt hatte. Einer der Männer trug einen großen schwarzen Zylinder. Sie erreichten die Wagenburgstraße. Schon von Weitem konnten sie im Fenster des ersten Stockwerks des Eckhauses eine Person erkennen, die wild mit den Armen winkte.

Sie hatten ihn befreit, rausgeführt und in den Mercedes gesetzt.

»Der braucht einen Kurzen oder zwei, dann geht es ihm wieder gut.« Herr Friedrich schlug die Autotür zu, sogleich drehte er den Zündschlüssel und wendete den Wagen.

Luka saß schweigend zwischen Kathi und Ella. In den Händen hielt er krampfhaft drei Powerbanks. Vor dem Hauseingang ihrer WG lagen einige reglose Körper in glitzernden Fummeln und Tanzschuhen.

»Ah, schaut, Tango Palace auf anderer Straßenseite.« Frau Pavlović tippte an die Autoscheibe. »Daher die vielen Zombies. Ein Herzinfarkt und Schicksal nahm seinen Lauf.«

»Tanzen Sie?« Herr Friedrich drückte den Knopf des Radios.

»Roland Kaiser«, flüsterte Luka. »Niemand hört bei einer Zombie-Apokalypse Roland Kaiser.«

»Niemand sollte völlig unvorbereitet durch alte Portale laufen. Aber schließlich sind alle nur Menschen.« Frau Pavlović bewegte ihren Oberkörper zum Takt der Musik, beobachtet von Herrn Friedrich, der nur noch sporadisch auf die Straße blickte.

»Frau Pavlović, diese Sache mit dem Portal, können Sie mir die genauer erklären?« Ella schaute aus dem Fenster. Sie hatten den Wagenburgtunnel hinter sich gelassen und fuhren an der Oper vorbei.

»Natürlich. Überall in Stadt, ach was, überall auf Welt gibt es Portale in Parallelwelten. Wenn man eins durchschreitet, man gelangt mit viel Glück in Welt, in der man bereits in Gedanken war. Wenn man hat Pech, man gelangt in Welt von Portalbauer. Das ist nicht immer das, was man sich vorstellt.«

»Das würde erklären, warum hier überall diese Zombies sind.« Ella kaute an der Nagelhaut des Daumens.

Kathi nickte. »Ja, wir haben uns über unsere Lieblingsserie unterhalten.«

Frau Pavlović drehte sich zu ihnen um. »Und was dann genau passiert?«

Ella zuckte mit den Achseln. »Na ja, wir wollten uns dieses total schäbige Gartenhäuschen ansehen. Sind da einfach über den Zaun und rein.«

»Einfach so?« Frau Pavlović hob eine Augenbraue.

»Einfach so«, nickte Ella. »Stand offen. Da muss aber vor uns schon jemand gewesen sein. In der Hütte liegt eine stattliche Sammlung an Messern.«

Kaum hatte sie den Satz beendet, wurde sie hart nach vorne geschleudert, nur um kurz darauf schmerzhaft tief im Rücksitz zu landen. Herr Friedrich hatte eine Vollbremsung auf der menschen- und autoleeren Kreuzung des City-Rings am Wilhelmsplatz gemacht.

»Was für Messer?«, fragten die beiden Älteren von den Vordersitzen her.

»Na, so Jagdmesser oder so. Ich habe einige Bilder von den Dingern gemacht. Hier.« Sie reichte ihr Smartphone Frau Pavlović. Deren Gesichtszüge wurden ernst, sie zeigte

Herrn Friedrich das Bild. »Hm.« Frau Pavlović vergrößerte das Bild.

»Verehrteste, ich frage nur ungern.« Herr Friedrich kratzte sich unbeholfen hinter dem Ohr. »Ohne Ihnen zu nahe treten zu wollen.«

Frau Pavlović schaute vom Smartphone auf. »Nun fragen Sie schon. Sie haben nicht gemerkt, dass ich bin in Ihrem Gebiet.«

»Sind Sie hier, um mich ...« Er schluckte schwer.

Sie schaute ihn fragend an.

»Sie sind doch nicht hier, um mich, Sie wissen schon ...«

Ihr Blick wurde starr. »Nein, ich weiß nicht.«

Herrn Friedrichs Unterlippe begann zu zittern. »... abzulösen?« Er schluckte erneut.

Roland Kaiser sang Midnight Lady. Frau Pavlović und Herr Friedrich starrten sich an. Aus dem Augenwinkel bemerkte Ella eine Bewegung. »Leute, mir ist es langsam egal, weswegen Sie beide hier sind, denn von dort bewegen sich einige Probleme auf uns zu.«

»Nein, Herr Friedrich. Deswegen nicht«, bemerkte Frau Pavlović knapp, wandte sich dem Autofenster zu. Mehrere torkelnde Gestalten näherten sich ihrem Wagen. »Wahrscheinlich die Vollbremsung oder Motorengeräusch.«

»Wo sind all die anderen?«, fiepste Luka.

»Ah, Junge kommt langsam zu sich.«

»Ich bin kein Junge.«

»Hast aber wie einer geschrien«, entgegnete Ella und lachte los.

Frau Pavlović wandte sich Herrn Friedrich zu. »Fahren Sie! Wir reden zuhause. Wir müssen Ihren Freund Joschi warnen. Zombies sind was Unangenehmes. Aber in Hütte ist wahrscheinlich noch was anderes, nicht nur Meddchen.«

Der alte Herr fuhr weiter, von der Paulinenbrücke links ab in die Reinsburgstraße. Vor dem Gänsepeterbrunnen an der Hasenbergsteige hatte sich eine Gruppe Zombies versammelt und lief im Kreis.

»Was zur Hölle geht hier vor?«, maulte Herr Friedrich, als sie in die Schwabstraße einbogen.

Als sie wieder zu Hause ankamen, war der Ranger eine Einfahrt weiter geparkt. Am Tor stand Joschi, in der einen Hand eine große Axt, in der anderen einen langen rostigen Stab, der oben zu einem Herz gebogen war. Er selbst hatte ein blaues Auge, blutete leicht aus der Nase, das Flanellhemd war an einem Ärmel zerrissen. Er machte das Tor auf und hinter ihnen zu.

»Was ist geschehen?« Herr Friedrich hatte sich nicht die Mühe gemacht, auf einem Stellplatz zu parken.

»Probleme. Wir haben verdammt viele Probleme.«

»Joschi, du blutest.«

»Die Zombies nicht.«

Sie saßen zu sechst in Kathis Einzimmerwohnung. Frau Pavlović hatte Joschi ein Kühlpad aufs Auge gedrückt und ihm geholfen, die blutige Nase zu versorgen.

»Dann habe ich Ella mit den Messern fotografiert. Danach sind wir raus und nach Hause«, erzählte Kathi.

»Sonst war da nix? Denkt bitte nach.« Joschi nahm das Pad vom Auge. Das obere Lid war dunkelblau angelaufen und dick angeschwollen, sodass er es kaum öffnen konnte.

Kathis Gesichtsfarbe änderte sich, als er sie mit dem anderen Auge ansah. »Eine Katze«, piepste sie.

Ella schaute die Freundin von der Seite an, runzelte die Stirn. »So ein streunendes Vieh, das sich hinten in der Hütte versteckt hatte. Es ist irgendwo runtergesprungen, das hat einen höllischen Krach gemacht, und wir haben uns mega erschrocken.«

Er sah auf. »Wer ist zuerst aus der Hütte raus? Ihr oder die Katze?«

»Wir.« Ella überlegte. »Irgendwas Kaltes, Nasses war dort. So als wären wir durch Nebel gelaufen. Was war das nur?«

Die drei anderen schauten sich an.

»Ist vorgekommen, dass Tiere aus Versehen Portale öffnen, wenn sie sie betreten. Denken aber an nix besonderes. Tierwelt bleibt Tierwelt. Nebel ist Durchgang.« Frau Pavlović verschränkte die Arme vor der Brust.

»Ausgerechnet dort, wo jemand Messer lagert? Das ist ein zu großer Zufall.« Herr Friedrich hatte es sich auf Kathis Schreibtischstuhl bequem gemacht und bearbeitete mit einem schwarzen Feldmesser seinen Gehstock. Der untere Teil glich mittlerweile einem Holzpflock, der Teppich war dafür voller Holzspäne. »Gut gegen Zombies, hilft vermutlich auch gegen Vampire.« Er hob triumphierend sein Werk in die Höhe. Frau Pavlović grinste verschmitzt, bevor sie wieder ernst wurde. »Zufall oder Schicksal. Hat Zombie dich gebissen?«

»Nein, aber ich musste den zweiten abdrängen. Bin auf der Blutlache des ersten ausgerutscht. Der Gartenzaun und so ein Handlauf waren im Weg, aber dafür habe ich dieses Prachtstück erbeutet.« Joschi stand auf, zog sein zerrissenes Hemd aus, während er auf den verrosteten Gartenstab wies. »Sie haben in den Büschen herumgestreut, als ich das Gartenhäuschen etwas genauer anschauen wollte. Es scheint nicht verändert worden zu sein seit der letzten Portalöffnung.«

Kathi entfuhr ein Seufzen beim Anblick seines Bizepses.

»Reiß dich zusammen«, zischte Ella sie an.

Frau Pavlović nickte. »Diese Hütte ist mysteriös.«

Herr Friedrich schaute erstaunt zu seiner Nachbarin. »Ja, letztes Mal ist ein ganzer Postsack alter Briefe aufgetaucht. Aus dem Zweiten Weltkrieg. Einfach so. Woher wissen Sie so viel über dieses Portal, Frau Nachbarin? Sie sind uns einige Erklärungen schuldig.«

Sie holte tief Luft. »Ich suche besondere Portale, um sie für immer zu schließen. Sind gefährlich. Normale machen nur Zeitreisen. Hütte macht Chaos.«

Joschi zog einen Wollpullover an, den er aus seinem Rucksack gekramt hatte. »Weswegen das?«

Kathi seufzte und erntete dafür einen Knuff von Ella.

Herr Friedrich sprang aus dem Schreibtischstuhl. »Ha, Sie sind gar nicht hier, um mich abzulösen.«

»Wir sind gar nicht in der Zeit gereist. Wir sind hier im Abklatsch einer amerikanischen Serie gelandet.« Ella schaute Frau Pavlović an.

»Siehst du, Meddchen hat verstanden. Es gibt unterschiedliche Portale. Hütte kann erfundene Dinge lebendig werden lassen. In unserer Heimat sie heißen Gedankentor.«

»Diese Portale lassen uns in andere Dimensionen reisen?« Luka schluckte und tippte auf seinem Smartphone rum.

»Richtig. Aber nicht wichtig. Hier sehr viele. Johanneskirche und das Lapidarium, hier oben die Villa Hascher in Osianderstraße, Villa vom Hajek an der Hasenbergsteige und Roter Turm. Unten der Schwabtunnel. Weiter östlich die Sünderstaffel oder der Koloss in einem Garten.« Sie brach ab.

Ella stand jetzt auch. »Nicht ablenken. Wir sind nicht in der Zeit gereist. Wir sind quasi in die Welt einer fiktiven Comic- und Fernsehserie geraten. Das ist ein Unterschied.«

Joschi zog eine kleine Compoundarmbrust aus seinem Rucksack. »Die Katze hat das Portal nicht geöffnet. Sie hat es geschlossen.«

Kurz herrschte Stille, dann schnaufte Herr Friedrich laut auf. »Dann mal los. Auf zur Katzenjagd. Ein Tier als Portalschlüssel. Als ob wir nicht genug Ärger hätten.« Er schwang seinen Gehstock und ging zur Tür.

»Nehmt Jacken mit. Wird kühl.« Frau Pavlović folgte den Männern, die bereits aus der Wohnung gegangen waren.

»Wir sollten etwas Katzenfutter besorgen«, meinte Luka, während er sich die Jacke überzog.

Frau Pavlović lächelte ihn mütterlich an. »Hier, mein Kleiner, Waffe.« Sie drückte ihm die Herzstange in die Hand. »Katzenfutter ist gute Idee. Vielleicht habe ich noch Thunfisch.« Sie schob ihn zur Tür hinaus. Die Freundinnen blieben allein zurück.

»Das ist zu bescheuert für einen Traum«, meinte Kathi.

»Das ist so bescheuert, das kann nur ein Traum sein. Was soll das bedeuten, Gedankentor?«

Frau Pavlović erschien nochmals im Türrahmen. »Habe ich erwähnt, dass wenn wir Portal nicht in drei Tagen wieder aufmachen, wir bis nächste Portalöffnung in dieser Welt feststecken?«

Sie zogen ihre Jacken an und eilten hinaus.

»Es war so eine Getigerte. Thunfisch oder so sollten wir wirklich mitnehmen. Beim Rewe am Westbahnhof gibt es bestimmt Katzenfutter.« Ella beeilte sich, Frau Pavlović einzuholen.

Sie gingen die Staffel der Rotebühlstraße hinauf. Schwer atmend kamen sie oben an. Die Reinsburgstraße lag friedlich vor ihnen, nicht ein Motorengeräusch war zu hören. Die Ampel war aus, leichter Wind kam den Berg hinab, fegte Laub und Papierfetzen über den Asphalt. Die Sonne stand schräg, warf Häuserschatten in die Straßenschlucht.

»In etwa drei Stunden geht die Sonne unter.« Joschi hielt

seine Compoundarmbrust schussbereit, in der anderen Hand die Axt.

Luka streckte den Arm aus. »Leute, seht mal.«

Vier Gestalten schlurften die leere Fahrbahn der Straße runter.

»Zombies.« Herr Friedrich hob seinen angespitzten Gehstock. »Was würden wir in der Serie tun?«

Ella zog ein Küchenmesser aus ihrem Gürtel. »Für gewöhnlich ignorieren, wenn es so wenige sind. Die ziehen weiter.«

»Gute Strategie.«

Luka schaute die anderen an, dann die Metallstange in seiner Hand. »Ich sehe aus wie Merlin, nur dass meinen Stab ein rostiges Herz ziert.«

Joschi klopfte ihm auf die Schulter. »Das Ding ist klasse. Hab schon zwei von denen damit erledigt. Einfach ins Auge, dann kann nix schiefgehen. Kommt, wir suchen das Tier. Achtet auf die Zombies.«

»Richtig.« Frau Pavlović ging die Rotebühlstraße hoch Richtung Röckenwiesenstraße.

Sie waren auf Höhe des Bolzplatzes, als sie oberhalb weitere Gestalten bemerkten. Eindeutig Beißer.

»Na prima. Hoffentlich haben die nicht die Katze als Snack gefressen.« Kathi zog ebenfalls ihr Küchenmesser heraus.

»Warum habe ich nicht an ein Küchenmesser gedacht?« Luka schaute auf das rostige Herz.

Sein verzweifelter Gesichtsausdruck ließ Ella grinsen. »Steht dir gut, das Herz.«

»Findest du?« Seine Miene hellte sich auf.

»Ja, wenn du damit auch gut attackieren und parieren kannst, bist du ein wahrer Herzensstecher.«

Herr Friedrich grunzte, Kathi kicherte, Frau Pavlović lachte herzlich auf.

Luka wurde rot. »Seid doch still, sonst bemerken sie uns.« Er hielt den Zeigefinger an die Lippen. »Zu spät.« Die Torkler weiter oben an der Straße hatten sich ihnen zugewandt.

»Da oben, an den Mülltonnen.« Kathi zeigte zu einer Toreinfahrt. Auf einer braunen Tonne saß die gestreifte Katze. Sie hörten ein lautes »Miau!« Zwei der Zombies wandten sich dem Tier zu.

Joschi pfiff durch die Zähne. »Hey! Kommt schon, hier sind wir.« Die Gestalten drehten sich zu ihnen.

Wie aus Trotz oder zur Antwort ertönte ein weiteres »Miau.«

»Was für ein Scheißvieh.« Nach dem zweiten Pfiff von Joschi hielt sich Herr Friedrich die Ohren. »Gute Arbeit, Joschi. Wir sind taub, alle Zombies im Umkreis von einem Kilometer haben dein Pfeifen sicherlich gehört. Bloß die da oben nicht.«

»Miau!«

Joschi hob die Armbrust. »Na dann, auf in den Kampf.« Er zielte und schoss. Der Pfeil traf den Hinterkopf eines Zombiemannes, der langsam vorneüberkippte und liegenblieb. »Funktioniert.«

»Voll Daryl«, flüsterte Luka.

»Miau!«, tönte es zu ihnen hinüber. Noch mehr schlurfende Gestalten wandten sich der Katze zu.

»Los, wir müssen das Tier retten.« Joschi lief los. Nach einigen Schritten blieb er stehen. Hinter den Mülltonnen tauchte eine Person auf.

»Wer ist das?« Frau Pavlović zog einen blitzenden Dolch aus der Lederscheide am Gürtel. »Das ist unser Schlüssel. Sie rannte los, überholte leichten Schrittes Joschi, der zum zweiten Schuss angesetzte.

»Was für eine Frau!« Herr Friedrich lächelte verzückt,

zog seine Hosen zurecht und folgte der Nachbarin, den angespitzten Gehstock wie ein Gewehr haltend.

»Verrückt«, raunte Ella, schaute ihnen nach, zuckte die Achseln und ging hinterher. »Komm schon, Luka.«

Als sie an den Mülltonnen ankamen, war die Person samt Katze verschwunden. Stattdessen erwarteten sie noch mehr Zombies. Rücken an Rücken blieben sie mitten auf der Straße stehen.

»Das ist der Moment, wo in der Serie immer ein großes Gemetzel losgeht.« Kathis Stimme zitterte. »Oder jemand mit Sprechrolle stirbt.«

»Wir nehmen das Gemetzel.« Joschi holte mit der Axt aus, schlug auf den Zombie ein, der ihm am nächsten stand. Es knackte, als das Werkzeug auf den Knochen traf, dunkles Blut spritzte aus dem Schädel direkt in Joschis Gesicht, bevor der Mann zu Boden sank. »Ekelhaft.«

»Und die sind auch wirklich tot?« Kathi würgte.

Ella rümpfte die Nase. »In der Serie sind sie es. Warum sollte es hier anders sein?«

»Na ja, das hier ist die Realität.« Kathi drängte sich näher zwischen ihre Freundin und Joschi. »Ich meine ja nur.«

»Boh«, ächzte Luka. Die anderen hielten sich die Nasen zu. Der Gestank von Fäulnis und Verwesung wurde stärker, je näher die Zombies kamen. Einige hatten Schnittwunden sowie Bisse an den Armen, sogar im Gesicht. Die Kleidung war teilweise zerrissen. Die Absätze einer Frau waren abgebrochen, bei einem Mann war das Hemd offen, auf der Brust eine Wunde mit Zahnabdrücken.

»Widerlich«, kommentierte Frau Pavlović das Geschehen und stach mit dem Dolch zu. Sie hatte eine junge Zombiefrau erwischt. »Gestank ist fürchterlich.«

»Halte die Stange hoch, Junge.« Herr Friedrich tippte Luka an, der mit offenem Mund auf den Zombie vor sich starrte. Auf der Wange der torkelnden Gestalt war deutlich eine Bisswunde zu sehen, die Augen stierten geradeaus, der Kiefer hing unnatürlich schlaff nach unten. »Los, nimm deine Waffe hoch, sonst …«

Luka riss schreiend die Stange hoch, als der Zombie einen weiteren Schritt auf ihn zu machte. Die Spitze verschwand knapp unter dem Brustkorb, während der mit lautem Krächzen näherkam. Luka versuchte die Stange wieder rauszuziehen, stattdessen kam der Zombie einen Schritt weiter auf ihn zu gestolpert. Luka entfuhr ein quiekendes Geräusch, als die Klinge von Ellas Küchenmesser in der rechten Schläfe des Zombies verschwand. Er ließ den Stab sinken. Die Gestalt kippte nach hinten, rutschte vom Metall und landete mitten auf der Straße.

»Was sollte das werden? Zombie-Schaschlik?« Ella starrte Luka vorwurfsvoll an. Dessen Gesicht änderte die Farbe von weiß nach grün, bevor er im hohen Bogen über den leblosen Körper kotzte.

»Jetzt mit Soße«, meinte sie, während Luka würgte und ausspie.

»Dich lässt das alles kalt?« Er spuckte noch einmal aus, hustete. »Das ist einfach widerlich. Im Fernsehen sieht das total easy aus. Es stinkt nicht so bestialisch.«

Herr Friedrich traf den Mund eines anderen Mannes mit seinem Gehstock, während Frau Pavlović eine ältere Frau zu Fall brachte. Kathi erwischte einen von hinten, als er auf Ella zu schlurfte. Es knackte, als die Schädelknochen unter ihren Angriffen nachgaben, das Krächzen wurde weniger, dunkles Blut traf sie an Jacken, Händen und im Gesicht. Die Straße war voller lebloser Körper, stinkender Flüssigkeiten und Schleim. Joschi rammte seine Axt in den Kopf des letzten Zombies, als sie ein entferntes dafür recht vorwurfsvolles »Miau!« hörten.

»Sie laufen hoch zur Hütte. Der Typ da klaut die Katze.« Ella machte sich auf den Weg, dicht gefolgt von Frau Pavlović. »Wahrscheinlich Messerbesitzer. Wir machen ihn unschädlich, dann mit Katze Portal öffnen.« Sie drehte sich zu den anderen um. »Ihr bleibt hier, bewacht Hütte. Wir retten Katze.«

Kathi folgte Ella. »Wartet, ich komme mit.«

Herr Friedrich seufzte und schnaufte. »Ein Mordsweib, diese Pavlović. Komm, Junge. Wir machen dich wieder frisch. Ich zeige dir, wie man mit einem Stab kämpft.«

Luka schüttelte den Kopf. »Sie kennen sich zufällig mit Stabkampf aus, ja?«

»Ich helfe den Frauen.« Joschi grinste breit und verschwand den Weg Richtung Rotenwaldstraße hoch.

»Hast du den Thunfisch, Luka?«, fragte Herr Friedrich.

»Zwei Dosen.«

»Damit bereiten wir der Mieze ein Festmahl.«

Sie machten sich auf den Weg zur Hütte. Herr Friedrich schaute sich um. »Kein Zombie in Sicht. Wie lange das wohl so bleibt? Mögen die Biester in der Serie auch Thunfisch? Wie heißt sie gleich? Wakelige Det?«

»The Walking Dead. Da gibt es einen coolen Typen, der heißt Hershel. Sie erinnern mich ein bisschen an ihn.«

Ein Schuss ließ sie die Köpfe heben.

»Frau Pavlović«, krächzte Herr Friedrich.

»Ella!« Luka schluckte trocken.

Sie waren in die Osianderstraße gelaufen. Ella atmete schnell. Kleine Schweißperlen hatten sich auf ihrer Oberlippe gebildet. Die Lungen brannten beim Luftholen. Sie hörten ein leises Mauzen weiter vorne, konnten jedoch weder einen Menschen noch ein Tier sehen. Die Nachbarin hielt mit ihr Schritt, hinter ihnen schnauften Kathi und Joschi. Sie schaute die Sandsteinfassaden der Villa zu ihrer rechten hoch. War die Gestalt mit der Katze dort oben? Ella blieb stehen. Es raschelte in den Büschen über ihren Köpfen. »Da, sehen Sie doch.«

Frau Pavlović hielt an, folgte Ellas Zeigefinger mit den Blicken. »Das sind sie nicht.«

Im nächsten Moment brach eine Frau durch die Büsche, Mund und Augen weit aufgerissen, am Hals eine riesige Bisswunde.

Ein zweiter Schuss ließ den Zombie kurz anhalten.

»Miau.«

Ein Schrei aus der Richtung, aus der der Schuss kam, bewog den Zombie, den Berg wieder hinaufzuklettern, so gut es eben ging.

»Wer schießt denn da?« Ella schaute der schlurfenden Gestalt nach.

»Hoffentlich nicht Katzenbesitzer, sonst hat er jetzt Besuch, und Tier ist in großer Gefahr.«

»Und jetzt?«

Ein weiteres Miauen aus einem anderen Teil der Osianderstraße nahm ihnen die Entscheidung ab. »Weiter.« Frau Pavlović trabte los.

Sie rannten bis zum Ende der Sackgasse, hinauf zur Hasenbergsteige. Ein weiterer Schrei sowie ein vorwurfvolles Miauen verrieten ihnen, dass sie richtig waren. Sie wurden langsamer. Die steile Steige forderte ihren Tribut.

»Ich kann nicht mehr. Seitenstechen«, schnaufte Ella.

»Kommt. Katze ist wichtig.« Die Nachbarin atmete schwer. Ihr Oberteil zeigte Schweißflecken am Dekolleté und unter den Achseln. Kathi war leuchtend rot im Gesicht, Joschi keuchte. Er stützte sich auf die Oberschenkel, als sie beim gelbgestrichenen Alexanderhäuschen stehenblieben, um Luft zu holen. »Der oder die andere kommt auch nicht schneller voran.«

Ein zweiter Schuss.

»Idioten«, schimpfte Kathi. »Die Schüsse locken alle Zombies der Umgebung an.«

Aus der Einfahrt zur Linken vernahmen sie ein Krächzen.

»Wir gehen weiter. Die Katze ist unsere Rückfahrkarte in die Realität.« Joschi ging den Berg hinauf, vorbei an gepflegten Hecken und Zäunen der Vorgärten, die die Hasenbergsteige säumten. Kathi lächelte ihm nach, während Ella die Augen verdrehte und ihm folgte. Schnaufend erreichten sie den Skulpturenpark mit der Hajek-Villa, die mit ihrem heruntergekommenen Zustand eine perfekte Kulisse bot. Aus der Ferne konnten sie eine Person erkennen, die etwas unter dem Arm hielt.

»Da!« Ella und Frau Pavlović zeigten auf die Katze. Zwischen den hohen Skulpturen aus blankpoliertem Stein und den Bäumen bewegten sich einige Zombies, ein Jogger war dabei, sie erkannten eine alte Frau mit Hundekottüte in der Hand, aber ohne Hund. Alle schlurften auf die Person mit Katze zu.

Der nächste Schuss ließ alle zusammenzucken. Die Alte ohne Hund ging zu Boden. Sie hörten Jubelschreie und Flaschen klirren.

»Da ist jemand auf der Jagd«, meinte Joschi.

»Warum wollen Menschen überall Krieg spielen?« Frau Pavlović rümpfte die Nase. »Denken nur: Alles Scheiße. Kommt, wir verschanzen uns, warten bis alles vorbei. Machen Party.« Sie spuckte auf den Boden. »Krieg ist grausam. Nix Party und Lagerfeuer. Nix vorbei, irgendwann nur noch Gesetz des Stärkeren. Immer falsche Romantik.«

»Und jetzt?« Kathis Gesicht hatte wieder etwas an Röte verloren. Sie wischte sich den Schweiß von der Stirn, ihre Brille rutschte von der Nase.

»Wir laufen an der Hajek-Villa vorbei, dann die

Häuserwände und Mauern entlang. Der Jubel kam von links. Wenn wir nahe an den Häusern bleiben, sehen sie uns nicht so gut oder gar nicht.« Ella zeigte mit ausgestrecktem Arm den Weg, den sie nehmen sollten.

Joschi drehte sich zu ihr um. »Guter Plan.« Er lächelte.

»Machen wir Reihe. Ich zuerst, dann die Meddchen, du am Ende.« Frau Pavlović ging voraus, geduckt lief sie an den Büschen und Bäumen des schmalen Weges entlang, der zu den von der Straße abgesetzten Häusern führte. Sie hörten Musik, als sie die Hajek-Villa passiert hatten.

»Die machen echt Party«, meinte Kathi ungläubig.

Ein weiterer Schuss fiel. Kathi blieb stehen und hielt sich den Mund zu, um nicht laut zu schreien. Der Jogger torkelte weiter seines Wegs.

»Voll daneben, Alter!«, hörten sie eine Männerstimme.

»Lasst mich mal.« Eine Frauenstimme, kurz darauf ein Schuss. Der Jogger fiel vorneüber ins Gras. Über ihnen ertönte lautes Gejohle.

»Hey, wo ist der Dicke mit der Katze hin?« Wieder die Männerstimme.

»Ey, nur weil Thomas den Jogger nicht getroffen hat, habt ihr den entkommen lassen.« Die Frauenstimme klang gelassen. »Der kommt als Torkler wieder. Schade um die Katze.«

»Los, sie sind abgelenkt.« Frau Pavlović lief weiter. Alle folgten still, an die Wände, Mauern und Sträucher gedrückt. Weitere Skulpturen aus Stein und Metall ließen sie hinter sich, bis sie die letzten Häuser erreichten.

Joschi schaute sich um. »Was kommt dort oben noch? Wald?«

»Der rote Turm.« Kathi zeigte nach rechts. Zwischen den Bäumen sahen sie hellen Sandstein, an der Spitze die Wilhelm-Hauff-Büste.

»Miau!« Protestierend machte sich das Tier bemerkbar.

»Still, Mimi. Du musst ganz still sein, sonst kommen die Beißer.« Die fremde Stimme klang ängstlich zu ihnen herüber.

Das letzte Haus lag hinter ihnen. Der schäbig asphaltierte Weg führte an Schrebergärten vorbei. Hinter einer Eibe zu ihrer Rechten sahen sie den Mann mit der Katze. Sein weißes T-Shirt war durchzogen von Schweißflecken, an seinem Gürtel waren mehrere Messer befestigt, eins hielt er in der Hand, mit der anderen umklammerte er die Katze.

»Hey, Sie da«, rief Frau Pavlović. »Warten Sie!«

Der Mann drehte sich zu ihnen, starrte sie verängstigt an und lief los. Nach Luft japsend trabte er über die Wiese, weiter über den steilen Hügel zu einer Plattform hinauf, auf der zwischen alten Bäumen ein kleiner Turm stand.

»Hey, Sie!« Joschi setze ihm nach. »Bleiben Sie stehen. Wir wollen Ihnen nichts tun.«

»Nur Ihrer Katze«, setzte Ella leise nach und folgte ihnen.

Er stand mit dem Rücken zu den roten Ziegeln des Gebäudes. Als sie ihn erreichten, hielt er das Messer schützend vor sich. Es zitterte, genau wie der ausgestreckte Arm, der es führte. Die Katze versuchte, sich aus der Umklammerung zu befreien, und das nicht zum ersten Mal. Tiefe Kratzer zierten seinen Arm vom Handgelenk bis zum T-Shirt. »Ich steche euch ab! Ihr bekommt Mimi nicht. Keiner bekommt meine Katze. Sucht euch gefälligst was anderes zu essen.« Das Gesicht war nassgeschwitzt, in den kurzen Stoppelhaaren auf dem Kopf standen kleine Tropfen, sein Atem ging ruckartig.

»Das sind die Messer aus der Hütte.« Kathi zeigte auf den Gürtel des Mannes. »Haben Sie die Messer geklaut?«

Er starrte sie verdutzt an. »Das ist meine Hütte, meine

Messer. Woher wisst ihr davon?«

»Aha, ein Prepper. Aber sicher nicht seine Hütte!« Frau Pavlović verschränkte die Arme vor der Brust.

Ihr Gegenüber verzog das Gesicht, hob das Messer gegen sie. »Machen Sie sich ruhig lustig über die dummen Prepper. Ich wusste schon immer, dass an den Serien etwas Wahres ist. Seht euch um. Zombies. Wie im Fernsehen. Alle lachen über uns, aber wir sind vorbereitet. Wir überleben. Nicht wahr, Mimi?« Er schaute zur Katze.

Joschi zuckte die Schultern, schüttelte den Kopf. »Leute, da kommen Probleme.« Aus der Ferne hörten sie einen weiteren Schuss. »Die locken alle Zombies hier hoch mit dieser Ballerei.«

Hinter dem Turm bewegten sich Sträucher, lautes Rascheln und das nun bekannte Krächzen wurde deutlich hörbar, unterbrochen von Mimis Miauen, die endlich vom Arm ihres Besitzers wollte. Die Katze fauchte laut und biss zu. Verblüfft schrie der auf, ließ los. Elegant landete das Tier auf den Pfoten, schaute sie an und rannte geräuschlos weg. Joschi und Kathie setzten ihr nach, die Treppen der Plattform hinunter, danach links.

»Scheiße!« Diesmal war es Joschis lautes Fluchen. Einen Augenblick später tauchte er wieder zwischen den Büschen auf, Kathi am Arm hinter sich herziehend. »Hier geht es gerade nicht lang. Mindestens fünfzehn von den Zombiedingern sind an der Straße, vielleicht mehr.

»Also.« Frau Pavlović schaute am Turm vorbei.

»MIMI! Komm zurück, Mimi. Die fressen dich.« Der rundliche Mann brach in Tränen aus, ließ das Messer sinken.

»Wenn du nicht still bist, wir werden gleich gefressen.« Sie machte einen Schritt um den Turm herum, blieb stehen. »Verdammt, die kommen auch aus Wald. Viele kommen aus Wald.«

Ein Zombie mit Fahrradhelm torkelte auf sie zu. Der Kopf saß unnatürlich schief auf dem Hals, ihm folgten weitere, einer mit Bisswunden am Arm, der andere im Gesicht und am Bein.

»Es werden mehr.« Joschi war neben sie getreten.

Frau Pavlović schaute zum Turm hinauf.

Einzelne Blätter segelten an ihnen vorbei, der Wind ging nur leicht. Die Schüsse waren längst verstummt, die Gruppe bei Sonnenuntergang auch. Lediglich das Krächzen der Zombies unter ihnen war immer noch deutlich zu hören. Die Gestalten reckten die Arme in die Höhe, kratzten mit Fingern und Nägeln entlang der Ziegel. Mit aufgesperrten Mündern stierten sie nach oben zu den Personen, die dort am Rand standen und auf sie herabsahen. Ella und Kathi hielten sich an den Händen. Kathi drückte die Hand der Freundin. »Ich fasse es immer noch nicht, dass wir es geschafft haben, hier hochzuklettern.«

»Angst treibt Menschen die Bäume hoch«, murmelte Frau Pavlović neben ihnen. »Kommt zusammen, wir gehen vom Rand runter. Irgendwann ziehen Zombies weiter, dann wir können nach Hause.«

»Wie das klingt.« Ella schnaufte hörbar. »Was, wenn die Zombies Mimi gefressen haben? Dann sitzen wir in der Apokalypse fest. Für wie lange, Frau Pavlović?«

Die ältere Frau zuckte die Schultern. »Drei Jahre, vielleicht fünf.«

»So lange?« Ella hielt sich an Kathis Hand fest.

»Beruhigt euch. Katzen überleben sehr viel. Ich glaube nicht, dass Mimi gefressen wurde. Sie eher nach Hause gelaufen zu Fressnapf.« Sie drehte sich zu ihrem neuen Gruppenmitglied. »Wo wohnst du, Philip?«

Philip schluchzte. Sie hatten ihn mit vereinten Kräften

und in letzter Minute hochgezogen. Ein Zombie hatte ihn bereits am Fußgelenk gepackt. Seitdem saß er auf dem dreckigen Boden im Innern des Turms und jammerte. »Meine arme Mimi.«

»Philip!«

Er zuckte zusammen. »In der Reinsburgstraße, etwas unterhalb der Staffel. Hoffentlich geht es ihr gut.«

»Katzen haben sieben Leben. Für 'nen Prepper hast du echt ein zartes Gemüt«, mischte sich Joschi ein. »Also gut, wir warten. Ich mache mir mehr Sorgen um Bruno und den anderen.«

»Luka.« Ella schaute den Mann vorwurfsvoll an. »Er heißt Luka.«

»Okay, Luka.« Joschi winkte ab. »Bruno passt schon auf deinen Luka auf, wer aber passt auf Bruno auf?«

»Das ist nicht mein Luka.« Ella war genervt.

»Schon gut. Lasst mich raten, ihr seid alle hungrig.« Joschi lächelte. »Bald setzt die Dämmerung ein. Wir müssen zurück. Hat jemand sein Smartphone dabei? Ruft Luka an. Hoffen wir, dass er sein Telefon auf lautlos gestellt hat.«

Kathi griff in die Tasche. »Kein Empfang.«

»Mein Akku ist leer.« Ellas Display blieb schwarz.

Frau Pavlović schaute Joschi ernst an. »Es beginnt. Die Ursprungswelt geht.« Er nickte.

»Was heißt das?« Ella fasste die Nachbarin am Arm.

»Wenn Portal geschlossen wurde, verschwinden mit der Zeit Dinge alter Welt, neue Welt bekommt mehr Raum, mehr Bedeutung. Wir brauchen Katze.«

Ein entferntes »Miau!« ließ sie zu den Skulpturen blicken. In dem schwächer werdenden Licht konnten sie kaum etwas erkennen. Der erste Zombie wandte sich vom Turm ab, folgte schlurfend dem Geräusch. Ein weiteres Miauen, dieses Mal lauter.

Frau Pavlović starrte mit zusammengekniffenen Augen den Hang hinunter. »Da kommt jemand. Mit Katze.«

Sie schauten zu, wie ein Zombie nach dem anderen sich von dem Turm abwandte und dem Gemaunze folgte. Der erste Torkler war auf halbem Weg den Hügel runter, als aus dem Schatten eine Person trat und ihn erledigte. Er ging zu Boden. Ein weiterer Katzenlaut wurde deutlich hörbar. Schon wandten sich weiter Turmbesetzer dem Geräusch zu.

»Nimm das, du Beißer«, hörten sie von unten.

»Luka?« Ella kniff die Augen zusammen. Sie erhielt ein »Miau!« als Antwort.

»Mimi?« Philip war auf den Beinen.

Joschi kicherte, sah den jungen Mann an, der sich anschickte, auf den Rand des Turms zu klettern. »Mimi kommt und rettet uns.«

Weiter unten schlurften die Zombies die Wiese hinunter. »Achte auf deine Flanke, Junge!«

»Das ist Bruno.« Joschi streckte sich zur vollen Länge. »BRUNO!«

Die Zombies drehten sich wieder zum Turm.

»JOSCHI, seid ihr alle wohlauf?« Herrn Friedrichs Frage wurde von einem Schnaufen begleitet. »Was für ein Dreck, diese Zombies«, hörten sie ihn meckern. Der Dreck wandte sich wieder den Personen weiter unten zu.

»Los, wenn sie alle vom Turm weg sind, springen wir und greifen von hinten an. Das schaffen wir.« Joschi war in die Hocke gegangen. Die letzten Zombies wandten sich von dem Bau ab.

»Miau!«

»Springen?« Kathi blickte hinab. »Das sind mehr als drei Meter. Ich weiß noch nicht mal, wie ich es hier hinaufgeschafft habe.«

»Er hat geschoben, ich gezogen«, erklärte Frau Pavlović.

»Du springst und ich fange dich.« Joschi setzte sich auf den Rand und war verschwunden. Kurz darauf hörten sie ihn auf dem Boden landen. »Ella zuerst, dann Kathi. Ich fange euch auf. Auf den Rand setzen, springen.«

Ella folgte der Aufforderung. »Soll ich?«

»Ja!«

Sie verschwand.

»Nächste!«

Kathi stand neben Frau Pavlović. »Ich trau mich nicht.«

Die Ältere lächelte. »Joschi ist stark. Er kann gut fangen.« Sie fasste Kathi sanft am Arm und zog sie runter. »Erstmal hinsetzen, dann Beine baumeln. Dann leicht abstoßen, Arme nach vorne.«

Kathi sah, wie Joschi unten die Arme offen ausgebreitet hielt. Bereit, sie zu fangen. »Nein, nein, nein. Ich kann das nicht. Das ist so hoch, ich habe …«

Sie kreischte, als jemand sie von hinten schubste, kurz darauf folgte ein erleichtertes Seufzen.

»Du kannst ihn wieder loslassen, Kathi. Du bist unten.« Ella tippte die Freundin an den Rücken.

Joschi grinste, machte aber ebenfalls keine Anstalten, sie loszulassen. »Schon okay.«

»Jetzt Philip.« Frau Pavlović stand am Rand.

Joschi winkte ab. »Den holen wir gemeinsam runter, wenn Bruno und Lukas da sind.«

»Luka!« Ella schnaubte genervt.

»Sag ich doch. Kommen Sie, Frau P., jetzt Sie.«

Sie sahen, wie Frau Pavlović sich an den Rand setzte und bereit zum Sprung machte. Im nächsten Moment hatte sie ein Messer am Hals – am anderen Ende befand sich Philips Arm. »Oh nein! Für wie dumm haltet ihr mich? Den unterbelichteten Prepper zurücklassen, ja? So nicht.« Sie hörten das Zittern in seiner Stimme.

Gerade als Ella etwas entgegnen wollte, packte sie jemand an der Schulter. Ein Zombie war zurückgekommen. Erschrocken fuhr sie herum, schlug die Hand weg. Kathi griff nach ihrem Küchenmesser und stach zu, verfehlte, holte nochmals aus, während die Freundin dem geifernden Kiefer auswich, bis Kathi endlich die Schläfe traf. Ein weiteres Krächzen ertönte. »Sie kommen zurück. Ein paar kommen zurück.«

»Okay, bleibt da oben. Wir kümmern uns zuerst um die Kameraden hier unten.« Joschi schwang seine Axt, rammte sie dem zweiten Torkler in den Schädel. Mit einem Schmatzen versank das Metall im Kopf der Gestalt, bevor sie leblos zu Boden ging.

»Bruno? Wir sind am Turm. Hier sind Zombies und zwei von uns sind noch oben.«

»Wir kommen«, keuchte Luka.

» Miau.«

Während Ella und Kathi zwei Wanderer-Zombies erledigten, versuchte es Joschi mit dem Radfahrer. »Der Helm ist ein echtes Problem. Vielleicht von unten.« Es krachte, Plastik splitterte. »Scheißdreck, jetzt ist der Pulli auch eingesaut. Den kann ich verbrennen.«

Weitere torkelnde Gestalten gingen zu Boden, bis endlich die anderen Männer vor ihnen standen, beide über und über mit Blut bespritzt. Luka hatte zudem einen Rucksack um die Brust, aus dessen oberer Öffnung ein Katzenkopf schaute.

»Wo ist Frau Pavlović?« Herr Friedrich drängte sie beiseite, schaute sich um. »Wo ist meine Nachbarin? Was ist passiert?« Er packte Joschi am Arm.

»Hier oben, Herr Friedrich. Alles okay mit mir.«

Joschi klopfte ihm auf die Schulter. »Kommt, wir müssen noch jemanden vom Turm holen. Da ist noch dieser Flip.«

»Philip«, flüsterte Ella.

Luka trat zu ihr. »Ich habe versucht, dich anzuchatten, aber das Netz ist weg.«

»Ja, die Welt verändert sich, meint Frau Pavlović.«

»Wir sind euch gefolgt, als wir einen Schuss gehört haben, aber dann kamen von allen Seiten die Beißer und dort unten, da sind die absolut Verrückten in einer Villa und schießen. Wir sind zurück, dann durch die unteren Gärten geschlichen, haben plötzlich die Katze gefunden und mit Thunfisch angelockt, einen Rucksack gesucht und dann.«

Ella schaute Luka lächelnd an. »Gut, dass ihr gekommen seid. Sonst würden wir immer noch dort oben festsitzen. Es sind so viele aus dem Wald gekommen.«

»Ella, ich ... Also, was ich sagen wollte.«

»Ja?«

»Also, als der Schuss fiel, da dachte ich ...« Luka nestelte an dem Rucksack rum. »Ich dachte, ...«

Sie begann zu grinsen. »Was dachtest du?«

Luka holte tief Luft. »Ich dachte, wenn sie dich erwischt haben, dann ...«

»Miau!«

Ella starrte die Katze an, dann Luka, wie er dreckig und nervös vor ihr stand. Sie sah in seine treuen Augen, schüttelte leicht den Kopf. »Ihr zwei seid ja echt süß.« Sie merkte, wie er die Schultern sinken ließ und sich den anderen zuwandte. Die beratschlagten gerade, wie sie Philip vom Turm bekommen sollten, der sich vehement weigerte, zu springen.

»Machen wir wie bei Kathi. Er setzt sich, ich schubse.«

Sie hörten ein lautes Quieken und Philip von Frau Pavlović abrücken. »Niemals!«

»Dann bleibst du oben.« Frau Pavlović stand mit verschränkten Armen am Rand. Philip hatte alle Drohgebärden eingestellt, stattdessen winselte er etwas vom Sterben.

»Der soll sich an der Turmwand runterhängen und auf Kommando fallen lassen, wir machen ein Sprungtuch mit den Armen«, erklärte Herr Friedrich. »Er soll vor allem hin machen, der Junge. Es wird dunkel.«

Nachdem Frau Pavlović Philip erklärt hatte, was passieren würde, wenn sie vor ihm sprang, hing er flennend an der Wand, wollte nicht loslassen.

»Wenn er weiter wie ein Schweinchen rumquiekt, bekommen wir gleich wieder Gesellschaft.« Joschi hatte seine Hand um Kathis Handgelenk geschlossen, Ella hielt Lukas und Herr Friedrich hielt sie beide. »So, jetzt nach hinten fallen lassen, wie bei einem Konzert. Los jetzt.«

Sie hörten ein Winseln.

»Mimi wartet schon.« Luka grinste.

»Miau!«

Wie ein nasser Sack landete der junge Mann in dem menschlichen Sprungtuch. Alle ächzten, als sie das Gewicht auf ihren Unterarmen spürten. Frau Pavlović sprang geschmeidig herab, Joschi fing sie auf wie zuvor Kathi.

»Los, Rückzug«, meinte Herr Friedrich und schaute etwas eifersüchtig zu seinem Freund. »Bald ist es finster.«

Sie liefen die unzähligen Treppen der Buchenhofstaffel hinunter, während das Tageslicht mehr und mehr der Nacht wich. Der Wind wurde stärker, das Rauschen der hohen Bäume begleitete ihre Schritte. Mit einem Mal schwand das Licht. Abrupt blieben sie stehen.

»Die Straßenbeleuchtung.« Ella blickte hinauf zu den Laternen über ihnen, dann in den Talkessel. »Alle Lampen gehen aus.« Sie schauten zu, wie ein leuchtender Faden nach dem anderen verschwand. Das gelbe Leuchten, das die Straßenzüge markierte, erlosch, als würden geschwungene Wunderkerzen abbrennen.

»Wir beeilen uns lieber.« Herr Friedrich packte seine Maglight aus, knipste sie an, ein braunes Funzeln beleuchtete den Boden. »Uha, überall dieses klebrige Zeug. Hat jemand ein Taschentuch?«

Frau Pavlović nahm sie ihm ab, zog ein erstaunlich sauberes Tuch aus ihrem Ärmel und reinigte das Glas der großen Taschenlampe, die sogleich den erwarteten Lichtkegel warf. »Gern geschehen.«

»Sie sind eine Wucht, Verehrteste.« Herr Friedrich schritt voran. Endlich kamen sie zwischen den ersten Häusern der Rotenwaldstraße an, bogen rechts ab Richtung Stadt. Ella und Luka spornten Philip an, sich zu bewegen. Der junge Mann jammerte.

»Jetzt ist das Schlimmste überstanden. Gleich sind wir in der normalen Welt.« Luka zog den anderem am Shirt, damit er mit dem Rest Schritt hielt. Sie liefen den Fußweg hinunter zu den versteckten Schrebergärten.

»Das ist also dein Garten?«, wollte Ella wissen.

Philip wich ihrem Blick aus.

»Aber das sind deine Messer, oder?« Sie blickte ihn verwirrt an.

Er nickte. »Na ja. Ich habe das Grundstück über Monate beobachtet. Anscheinend kümmert sich niemand darum und keiner kann sagen, wem es gehört. Da habe ich halt ...« Er schwieg.

»Da dachte Junge, er macht Lager für Weltuntergang in schäbiger Hütte, weil es in Filmen und Serien so ist.« Frau Pavlović runzelte die Stirn, was sie im Licht der Taschenlampe bedrohlich wirken ließ. Philip quiekte leise.

»Unwichtig, es wird Zeit.« Sie deutete auf die Hütte. »Ihr geht über Zaun.«

Kathi aktivierte die Taschenlampe am Smartphone, nacheinander stiegen sie hinüber, zuletzt Frau Pavlović mit

Philip. »So, eine Reihe an der Tür. Die Katze zuerst, dann warten, dann alle rein, nacheinander.« Sie nahm Luka den Rucksack mit dem Tier ab. Die Katze schaute sie an, schnurrte leise. »Schon gut, Mimi. Passiert nix. Du bist Schlüssel.«

Philip streckte die Arme nach seiner Katz aus, aber Frau Pavlović schüttelte den Kopf. »Kriegst auf anderer Seite, deine Mimi. Erst müssen wir nach Hause.«

Herr Friedrich öffnete die Tür und leuchtete hinein. Die verbliebenen Messer blitzten im Licht, Frau Pavlović ließ Mimi aus dem Rucksack. »Geh rein, meine Süße.« Als habe das Tier genau verstanden, lief es auf leisen Pfoten in die Hütte. »Jetzt ihr.«

Sie drängten sich in den kleinen stickigen Raum. Zu guter Letzt schloss Herr Friedrich hinter ihnen die Tür. »Kurz warten«, kommentierte er die Situation.

Luka schnaufte. »Hat was von Schrödinger.«

»Am besten zählen bis zehn«, erklärte Frau Pavlović. Gemeinsam starteten sie den Countdown, mit jeder Sekunde wurde die Luft in der Hütte wärmer, ihre Stimmen lauter. Als sie bei der drei ankamen, riefen alle laut. »Zwei, eins.« Herr Friedrich riss die Tür auf, der Strahl der Maglight beleuchtete kurz das ausdruckslose Gesicht eines Zombies, dann schlug er die Tür wieder zu.

»Hm«, machte der alte Mann. Alle anderen schwiegen. Von draußen drang ein leises Krächzen hinein, gefolgt von einem dumpfen Schlag. Der Zombie hämmerte an die Tür.

»Hat anscheinend nicht geklappt«, durchbrach Ella das Schweigen.

Nach einigen Momenten hörten sie auf der anderen Seite der Hüttenwände ein lautes Stöhnen, gefolgt von weiteren Schlägen.

»Verdammt, es werden bald mehr«, meinte Joschi. »Wir können nicht länger nur hier rumstehen.«

Ein leises »Maul« kam von draußen, danach ein Fauchen. Das »Miau!« zwischen ihnen war deutlich lauter.

Luka stöhnte. »Falsche Katze?«

»Wir haben die falsche Katze gefangen.« Herr Friedrich lehnte den Kopf an die Tür.

»Worauf wartet ihr? Raus, richtigen Schlüssel fangen. Luka, Thunfischdose.« Frau Pavlović drängelte sich zur Tür.

Luka tat es ihr gleich, kramte im Rucksack und hielt das silberne Behältnis in der Hand. »Bereit.«

»Gut, ich öffne Tür und kille Zombie. Du öffnest Dose und lockst Katze hier rein.«

»Verstanden, aber …«

Mit Schwung ging die Hüttentür auf. Der Zombie davor wurde zurückgestoßen, taumelte. »Mehr Licht!«, forderte Frau Pavlović und Herr Friedrich folgte ihr hinaus.

Sie hörten das Stöhnen von Luka sowie der Zombies, dazwischen das Fauchen der anderen Katze.

»Miez, Miez, Miez. Lecker Tunfisch. Komm her, kleine Katze.«

»Alle raus!« Frau Pavlović Befehlston ließ sie zusammenzucken. »Pack die Katze, Luka, Rest kümmert sich um Zombies.«

Im flackernden Licht der Taschenlampe verfolgte Ella Luka, wie er in der Hocke saß und mit der Tunfischdose versuchte, eine gestreifte Katze anzulocken, die dem Tier in der Hütte zum Verwechseln ähnelte. Weitere Zombies kamen aus der Dunkelheit an die Hütte getorkelt.

»Beeil dich. Das Licht der Taschenlampe und unsere Gespräche locken die an.« Joschi schwang die Axt gegen einen Zombie, der durch die Büsche kam. Kathi leuchtete in Lukas Richtung, während die anderen versuchten, die ankommenden Gestalten abzuwehren, die aus den Sträuchern und zwischen den Bäumen auf die Hütte zukamen. Äste brachen im Dunkeln, lautes Krächzen, auch dumpfe Schläge drangen zu ihnen. »Da kommen noch mehr. Hol die verdammte Katze.«

»Ich versuch's ja. Sie traut sich nicht an die Dose.« Luka war auf allen Vieren. Zwischen wackeligen Beinen und schnellen Schritten versuchte er, das Tier anzulocken, während die Freundinnen darum kämpften, alle Zombies von den beiden fernzuhalten.

»Miez, Miez, Miez«, machte Luka. »Na, komm. Hier ist es sicher.«

»Miau!«

Ein Fauchen. »Ich hab sie. Aua! Aua! Sie kratzt mich.«

»Halt sie fest.« Joschi war bei ihm und half ihm auf die Beine. »Los, in die Hütte mit ihr. Schmeiß sie durch die Tür.«

»AU!«

»Mach schon!«

Luka machte einen Satz auf die Tür zu, hinter ihm hörte er die Kampfgeräusche der anderen. »Sie ist drin. Sie ist drin!«

»ALLE REIN!« Frau Pavlović Befehl dröhnte durch die Nacht. Die anderen drängten in die Hütte, sie selbst als letzte, noch mit einem Beißer beschäftigt, den sie mit dem Unterarm auf Abstand hielt. Der weit aufgerissene Mund des Zombies kam ihrer Haut bedrohlich nahe. Sie holte mit dem Messer aus, und als die Zähne die helle Haut berührten, da durchbohrte ein angespitzter Gehstock das linke Auge der Gestalt, die wie in Zeitlupe zu Boden ging. Frau Pavlović starrte auf ihren Unterarm. »Nix passiert. Es ist nix passiert.« Sie zitterte.

»Kommen Sie, meine Verehrteste.« Herr Friedrich zog sie in die Hütte, schloss erneut die Tür. Dunkelheit umhüllte sie, als die Maglight und das Blitzlicht des

Smartphones für einen Moment zeitgleich erloschen, nur um kurz darauf wieder flackernd anzugehen.

»Daheim«, sagte Joschi fröhlich. »Mach auf, Bruno.«

Vorsichtig öffnete Herr Friedrich die Tür, trat hinaus. Leichter Nieselregen ließ das Licht der Straßenlaternen milchig wirken. Von oben strahlten die Scheinwerfer der vorbeifahrenden Autos durch die blattleeren Sträucher und Büsche, die Motorengeräusche tönten den Hang hinunter, während von der anderen Seite Lachen vom Spielplatz kam.

»Haha, geschafft. Ein weiteres Mal.« Herr Friedrich klatschte in die Hände.

»Wir sind wieder in der realen Welt. Zum Glück.« Ella breitete die Arme aus, erwischte Luka an der Brust. Sie wandte sich ihm zu. »Du stinkst nach Thunfisch und hast überall Zombiedreck an dir.« Sie hauchte einen Kuss auf seine Lippen und grinste. Er machte den Mund auf, dann wieder zu, zeigte Richtung Stadt. »Ich gehe sofort duschen.« Ella prustete los vor Lachen, schlang die Arme um seinen Hals und küsste Luka, dieses Mal inniger. Der legte vorsichtig seine Arme um sie.

»Ich wusste es doch.« Kathi verschränkte die Arme vor der Brust. »Heute lernt man die Typen bei verrückten Weltreisen kennen, nicht in 'ner Bar.«

»Hast du nächsten Freitag Lust auf ein Bier?«, fragte Joschi hinter ihr. Kathis Herz machte einen Sprung.

»Kommen Sie, Herr Friedrich. Ich koche uns Kaffee, dann sprechen wir über Portale bei uns und was wir mit Hütte machen. Junge Leute brauchen uns gerade nicht mehr.«

»Sehr gerne, Verehrteste.« Sie verließen den Garten.

Als sie außer Hörweite waren, tauchte Philip auf, seine Katze auf dem Arm. »Ich wusste doch, dass Stargate auf wahren Begebenheiten beruht. Komm, Mimi. Wir müssen mehr über diese Portale herausfinden.«

Ort der Zeit – Stairway to Time

Katrin S. Knopp

Ort der Zeit – Stairway to Time

T reppen, Treppen, Treppen! Ein brodelnder Hexen-
kessel und hinein und hinaus führten nur Stufen oder
›Stäffele‹, wie sie die Einheimischen liebevoll nannten. Liv
hielt kurz inne und wartete darauf, dass ihr Atem wieder
ruhiger ging. Rasch pulsierte ihr Herzschlag, rauschte in
den Ohren wie die Schwingen einer Krähe im Wind. Die
eiskalte Luft schmerzte in den Bronchien. Sie hatte die
halbrunde Aussichtsplattform erreicht und noch immer
wollte der Aufstieg nach oben kein Ende nehmen.

Liv drehte sich um, blickte die Sünderstaffel hinab. Die
Sackgasse am unteren Ende der Treppe war nicht mehr
sichtbar. Wo kam denn auf einmal der Nebel her? Sie fröstelte.
Die Schwaden waberten, zerfasernden Gespenstern gleich,
über die Stufen. Im spärlichen Lichtkegel der altertümlichen
Straßenlaternen schienen sie von innen heraus zu leuchten.
Die Bäume zu beiden Seiten der Treppe schluckten jedes
Licht und ragten, obschon sie kahl waren, wie zwei dunkle
Wände empor. Ein plötzlicher Windhauch erfasste Liv und
ließ sie erzittern, raschelnd huschte das trockene Herbst-
laub über die Stufen. Als sie ihren Blick gen Himmel
wandte, blickte sie in bleierne Schwärze. Auf einmal war
ihr, als befände sie sich gar nicht mehr im Freien, sondern
in einem dunklen Tunnel.

Ihr Magen zog sich zusammen und sie meinte, eine kalte
Hand greife nach ihrem Herzen. Auf einmal kamen ihr all
die Geschichten wieder in den Sinn, die ihre Großmutter
Urda ihr früher erzählt hatte, wenn sie in langen Winter-
nächten auf ihrem Aussiedlerhof saßen und der Wind
pfeifend ums Haus strich. Weit entfernt waren auf einmal
die Erinnerungen an die feucht-fröhliche Silvesterparty, die

sie eben verlassen hatte. Stimmen raunten in ihrem Kopf, von den Raunächten, der Zeit zwischen den Jahren, von Orten zwischen dem Hier und Jetzt. Wegkreuzungen, Flussübergänge und Treppen waren Orte, an denen man leicht verloren gehen konnte, von dort führten unsichtbare Pfade in andere Welten. Liv erinnerte, wie Urda sich stets bekreuzigt hatte, wenn sie eine Wegkreuzung passierten oder ausspuckte, bevor sie eine Brücke überquerte. »An manchen Nächten sind die Tore zur Anderswelt offen, die Welten überlagern sich, dann ist es sicherer, eine Kerze anzuzünden und zu Hause zu bleiben!«, hallte die brüchige Stimme ihrer Großmutter durch Livs Kopf.

Zum Teufel mit dem Aberglauben! Sie hatte gedacht, der Engstirnigkeit, dem Geisterglauben und den seltsamen Sitten entkommen zu sein, als sie sich dafür entschieden hatte, die Schwäbische Alb zu verlassen und hier in Stuttgart zu studieren. Seit September hatte sie das Gefühl gehabt, ihre Herkunft abschütteln zu können. Die Welt hatte sich ihr geöffnet, sie hatte neue Leute kennengelernt. Wie beispielsweise Kjell. Groß und breitschultrig, mit hellen langen Haaren, einem schiefen Grinsen und diesen unwiderstehlich blitzenden Augen. Mit ihm hatte sie auch heute Nacht getrunken, gelacht und schließlich getanzt. Auf einmal brannten ihre Lippen, wo sein Mund sie eben noch berührt hatte. Ihre klammen Hände wanderten in die Hosentaschen und griffen nach dem Zettel, auf den er seine Nummer geschrieben hatte.

Das Bild von ihm vor Augen, schob sie die düsteren Gedanken weit von sich. Es war Zeit, nach Hause zu kommen und sich richtig auszuschlafen. Morgen Mittag konnte sie sich immer noch Gedanken über die Silvesternacht machen und ob sie Kjell anrufen sollte. Oder besser gesagt, wann. Liv lächelte in sich hinein. Entschlossen und ein bisschen zu hastig wandte sie sich um. Ihr Rucksack rutschte von der Schulter. Schwer war er und der Schwung, mit dem sie die Bewegung ausgeführt hatte, ließ sie straucheln. Sie stürzte über die nächste Treppenstufe, die sie im Dunkeln nicht gesehen hatte. Beide Hände nach vorn gestreckt, fing sie sich ab, aber der Rucksack ging zu Boden, öffnete sich. Bücher, Trinkflasche und ihr Häkelgarn purzelten heraus und verteilten sich auf der Treppe.

»So ein Mist!«, fluchte Liv, tastete im Schummerlicht der Straßenlampen nach den verstreuten Gegenständen. Hier war die Flasche. Zum Glück war sie nicht aufgegangen. Dort! Ihre Bücher, ihr Geldbeutel war auch noch herausgefallen. Hastig stopfte sie alles wieder in den Rucksack. Wie sie sich so gebückt hielt, wurde ihr schwindelig. Auf einmal war ihr, als ginge ein Ruck durch den Boden, auf dem sie eben noch fest gestanden hatte. Wahrscheinlich hatte sie doch mehr getrunken, als es ihr gutgetan hatte.

Über der Aussichtsplattform der Treppe auf einem kahlen Baum saß ein Rabe. Seine Augen funkelten, als würden sie von innen heraus leuchten. Er legte den Kopf schief, betrachtete mit Interesse das Menschenkind, das über die Stufen kroch. Mager war sie, mit ihren langen Gliedern und dem knochigen Körperbau kaum als eine Frau in voller Blüte zu betrachten. Aber er hatte das Klingen in ihrem Inneren gehört, als er sie heute geküsst hatte. Sie war noch Jungfrau, eine Werdende, und es war Zeit, sie ihrer neuen Aufgabe zuzuführen. Gerade als sie sich bückte, um ihr Häkelzeug mit dem Wollknäuel hochzuheben, breitete der Rabe seine Schwingen aus. Mit einem Krächzen erhob er sich in die Luft.

Ein heiseres Krächzen ließ Liv auffahren. Dunkle Schwingen verschatteten für einen Moment das Licht der Straßenlaterne. Ihr Herzschlag beschleunigte und es fühlte sich an, als greife eine kalte Hand nach ihr. Sie musste sich beruhigen. Seit wann war sie so schreckhaft? Es war nur ein Vogel gewesen, eine Taube vielleicht oder eine Krähe. Gerade wollte sie sich nach dem Wollknäuel bücken, da stieß der Vogel herab, sauste um Haaresbreite an ihr vorbei. Der Luftzug wehte das Wollknäuel davon. Es hüpfte die Stufen hinunter und dann ins Dickicht hinein, in die dichten Büsche zwischen den kahlen Bäumen.

Stöhnend richtete sich Liv auf. Sie starrte ins Dunkle. Bewegte sich dort vorne nicht etwas in der Schwärze. Es schien, als starrte das Dunkel zurück. Auch noch in das Gebüsch zu kriechen, um nach dem Wollknäuel zu suchen, dazu hatte sie keine Lust. Aber es war ein verspätetes Weihnachtsgeschenk. Die Mütze, die sie für ihre Schwester häkelte. Und wenn diese am nächsten Wochenende zu Besuch kam, sollte sie fertig sein.

Liv zuckte mit den Schultern und seufzte, dann zog sie ihr Handy aus der Hosentasche, schaltete die Taschenlampe ein. Wie ein Geisterfinger stach der Lichtstrahl ins Dunkel. Nebel waberte an den Rändern. Mit klopfendem Herzen näherte sie sich dem Gebüsch. Dort, an der Steinkante, die den Übergang zum Unterholz markierte, lag die Mütze. Das Wollknäuel lag nicht daneben, der Faden vom Häkelzeug führte weiter ins Unterholz. Vorsichtig hob sie es auf. Nasse Blätter klebten daran, braun und welk. Boten aus der Vergangenheit, schoss es ihr durch den Kopf und sie fröstelte. Sich gleich darauf selbst verfluchend für diesen albernen Gedanken.

Gebückt kroch sie zwischen die Büsche, den Augen auf den Wollfaden fixiert. Sie wickelte den Faden um das bereits gehäkelte Stück. Sicherlich hatte sie gleich das Knäuel gefunden. Den Blick konzentriert auf das Garn geheftet, dabei gleichzeitig das Handy balancierend und den Faden aufwickelnd, achtete sie nicht auf die Unebenheiten im Boden und stolperte. Der Länge nach fiel sie hin, wieder rutschte ihr der Rucksack von der Schulter. Das Poltern, mit dem er zu Boden fiel, klang seltsam hohl. Als befinde sie sich nicht im Freien, sondern in einem überwölbten Raum. Doch noch schlimmer war, dass ihr das Handy aus der Hand glitt, für einen Moment leuchtete es noch, dann erlosch es. Liv lag in vollkommener Dunkelheit.

Ihre Glieder schmerzten. Die Handflächen, mit denen sie sich abgefangen hatte, brannten und ein dumpfes Pochen meldete sich in ihrem Kopf. Sie lauschte in die Stille. Ihr stoßweiser Atem und das Rauschen des Blutes in den Ohren waren die einzigen Geräusche, die sie wahrnahm. Doch halt, was war das? Ein helles ›Pling‹ tönte. Es war das Geräusch eines steten Tropfens, der auf dem Boden aufschlug. Ein Zeitmesser, rhythmisch, beruhigend – gleichzeitig schabte es an ihrem Bewusstsein.

Was blieb sie hier überhaupt liegen? Auf dem gefrorenen Boden, die Glieder taub vor Kälte und schmerzend vom Sturz. Sie musste ihre Sachen zusammensammeln und dann nach Hause. Es war Zeit, dass sie hier wegkam.

Liv rappelte sich auf alle Viere, tastete im Dunkeln. Sie stutzte abermals: Da war gar keine Erde unter ihren Händen, sondern rauer, kalter Stein. Und dort vorne! Konnte es sein, dass dort ein Licht glomm: zuerst eine Ahnung nur, dann immer heller? Sie hob den Kopf. Neben ihr, wo eben noch Büsche und dichtes Unterholz gewesen waren, befanden sich steinerne Wände. Durchbrochen von massivem, knorrigen Wurzelwerk, bildeten sie einen Tunnel.

Mühsam rappelte sie sich hoch. Als sie sich umdrehte,

erkannte sie im Dämmerlicht, wo eben noch die Plattform mit der Treppe gewesen war, eine Tür. Das Holz verwittert, zum Teil mit Moos bedeckt. Stabförmige Buchstaben tief hineingegraben, Runen.

Wo war sie nur gelandet? Liv hatte das Gefühl, nicht mehr atmen zu können. Es war, als drücke eine eiserne Faust ihr die Luftröhre zusammen. Das unbarmherzige Tropfen, das rasende Klopfen ihres Herzens im Ohr, stand sie da.

Langsam, ganz langsam wurde das Licht heller. Golden und flackernd legte es sich über die Wände. Und langsam beruhigten sich auch ihr Atem und Herzschlag. Abermals blickte sie sich um. Weder Handy noch Rucksack lagen da. Nur das Häkelzeug. Sie bückte sich und hob es auf. Wo immer sie hier gelandet war, es gab nur einen Weg hinaus und der ging nach vorn. Dorthin, woher das Licht zu ihr drang, das stete Tropfen und von wo ein heiseres Krächzen erscholl.

Der Rabe saß auf der Balustrade der Plattform, von der sich eine steinerne Treppe, einer Schraube gleich, ins Erdreich bohrte. Er blinzelte ein-, zweimal. Ein Auge war blind, milchig-weiß. In der Oberfläche des anderen, schwarz und undurchdringlich wie die Wasseroberfläche eines Brunnens, spiegelte sich die Umgebung. Mehrere Gänge führten auf die Plattform, schließlich gab es viele Übergänge an diesem geheimen Ort am Grund aller Dinge. Aber heute stand nur eine Tür offen.

Das Licht, das er heraufbeschworen hatte, wurde langsam intensiver, ein pulsierendes Glühen, das von unten heraufdrang und den Schacht erhellte. Über die Wände malte es zuckende Schatten und ließ das von Wurzeln durchdrungene Mauerwerk plastisch hervortreten.

Er stieß ein heiseres Krächzen aus und flatterte auf den

Treppenabsatz, auf dem das Wollknäuel lag. Mit dem Schnabel stieß er es an. Zuerst kullerte es langsam, dann hüpfte es die erste Treppenstufe hinab und rollte immer schneller in die Tiefe.

Der Rabe breitete seine Schwingen aus und erhob sich in die Luft. Durch den offenen Schacht flog er nach unten. Sicher warteten die anderen schon. Es musste alles bereit sein, wenn sie kam.

Blinzelnd trat Liv aus dem Gang in einen Raum auf eine Plattform. Sie blickte nach oben. Das Geflecht mannsdicker Wurzeln bildete ein Gewölbe. Sie verzweigten sich bis in die Wände und umrahmten mehrere Eingänge. Ob von dort ein Weg zurück nach oben führte? Hastig rüttelte sie an mehreren Klinken, doch die Türen waren verschlossen.

Ob sie sich den Rückweg anzeigen lassen konnte? Ob sie hier unten überhaupt ein Signal hatte? Instinktiv tastete Liv nach ihrem Handy. Als sie bemerkte, dass ihre Hosentasche leer war, fiel ihr augenblicklich ein, dass sie es zusammen mit dem Rucksack im Gebüsch verloren hatte.

Wie absurd die ganze Situation war. Sie konnte sich einfach nicht erklären, wie sie unter die Erde, in diesen Gang gelangt war. Wahrscheinlich hatte sie sich im Dunkeln doch weiter vorgetastet als angenommen. Ob dies ein Teil der unterirdischen Bunkeranlagen aus dem Zweiten Weltkrieg war? Oder ob die Türen in die Kanalisation, vielleicht sogar in Kellergewölbe der alten Häuser hier am Hang führten? Auf einmal erwachte die Abenteuerlust in ihr. Sie fühlte ein seltsames Ziehen in der Magengegend. Kälte und Müdigkeit waren vergessen. Ihre Handflächen und Wangen waren ganz warm und sie fühlte sich hellwach.

Keiner würde ihr glauben, dass sie auf dem Heimweg in der Silvesternacht einen mysteriösen Geheimgang entdeckt hatte. Die Runeninschriften an den Wänden, das verdrehte, knorrige Wurzelwerk schienen sich im pulsierenden Dämmerlicht zu bewegen. Von innen heraus zu glühen und fantastische Formen zu bilden. Liv fühlte sich instinktiv an die verschlungenen Ornamente und dekorativen Knoten des Drachenstils erinnert, wie er an den Portalen von Stabkirchen oder den alten Wikingerschiffen zu finden war. Wenn sie doch nur ihr Handy bei sich gehabt hätte. Was für tolle Fotos hätte sie hier machen können.

Ein Ruck an ihrer Hand riss sie aus den Gedanken. Der Faden an ihrem Häkelwerk hatte sich gespannt und war nun ganz straff. Mit dem Blick folgte sie ihm. Er führte über den Steinboden zu einer Treppe. Liv wickelte ihn weiter auf und ging zum Rand der Balustrade, die die Plattform begrenzte. Eine Wendeltreppe führte an der Wand entlang, in der Mitte öffnete sich der Blick und Liv schaute weit in die Tiefe.

Ein Luftzug ergriff sie, wispernde Stimmen drangen von unten zu ihr hinauf, die ihren Namen riefen. Oder hallten die Stimmen nur in ihrem Kopf wider? Alles in ihr sträubte sich, gleichzeitig erwachte jedoch in ihr eine Sehnsucht, diesen Stimmen zu folgen. Und so rollte sie das Knäuel weiter auf und folgte der Treppe tief in die Erde.

Der Rabe war am Fuße der Treppe angekommen. Am Brunnen warteten sie schon, seine Bräute. Er schüttelte erst das Gefieder, dann den Kopf, und langsam veränderte sich seine Gestalt. Aus den Schwingen wurden Arme; die Krallen längten sich, bis sie sich in starke lange Beine verwandelt hatten, aus dem gefiederten Haupt wurde ein menschlicher Kopf.

Schließlich stand er in voller Pracht da. Ein Mann wie ein Bär, mit breiten Schultern und einem Oberkörper wie ein Fass. Die langen weißen Haare und ein Bart umrahmten das schmale Antlitz, aus dem ein graues Auge funkelte. Das andere war mit einer Augenklappe bedeckt. Wer hätte gedacht, dass der Hüne vor einer knappen Stunde noch in Gestalt eines Jünglings auf einer Silvesterparty mit einer jungen Frau geflirtet hatte? Er grinste in sich hinein. Nie hätte sie ihn geküsst, wenn er sich ihr in dieser, seiner wahren Gestalt gezeigt hätte.

Der Mann drehte sich zu den drei wartenden Frauen um. Eine davon war alt und gebrechlich. Die Haut spannte sich pergamentartig über den knochigen, langgliedrigen Körper. Die Zweite war von üppiger Gestalt, mit ausladenden Hüften und wallendem Haar. Die Dritte schließlich zart und knabenhaft wie ein Reh.

»Seid ihr bereit, Schwestern?« Die Stimme des bärtigen Mannes war überraschend leise, warm und durchdringend.

»Ja, das sind wir.« Die Worte der Alten klangen wie das Wispern herbstlicher Blätter im Wind.

Mit einem Nicken bückte sich der massige Mann. Vorsichtig hob er das Wollknäuel hoch und drückte es in die krallenartigen Hände der Alten. Sie nahm es entgegen und zog mit einer überraschend kraftvollen Bewegung daran.

»Dann lasst uns beginnen und die Zauberworte sprechen.«

Die übrigen stellten sich um die Alte, reichten sich die Hände und schlossen die Augen. Wie auf ein geheimes Zeichen hin begannen sie mit einem flüsternden, wogenden Gesang, an- und abschwellend.

Liv konnte später nicht mehr erinnern, wie viele Stufen sie hinunter geschritten war. Das Bündel in ihrer Hand wurde immer dicker. Sie stutzte. Es war definitiv mehr Wolle, als das Knäuel ursprünglich umfasst hatte. Irgendetwas ging hier nicht mit rechten Dingen zu. Sollte sie umkehren? Sie neigte sich über die Balustrade und blickte nach oben. Aber der Einstieg und das überwurzelte Gewölbe waren inzwischen so weit weg, dass sie sie nicht mehr erkennen konnte.

Das Ziehen am Faden verstärkte sich und Liv drehte sich wieder um. Weiter folgte sie den Treppen. Es fühlte sich an, als ziehe sie nicht nur der Wollfaden, sondern als sei an ihrem Herz eine weitere, unsichtbare Schnur verankert, die sie wie ein Magnet hinunter lockte. Die Stimmen in ihrem Kopf wurden lauter und leiser, ein stetes Flüstern in einer fremden Sprache.

Automatisch setzte sie einen Fuß vor den anderen. Ihre Beine schmerzten. Die Muskeln zitterten und ihr Tritt wurde unsicher. Ihre Bewegungen langsamer. Wieder fragte sich Liv, wie weit sie noch gehen musste. Doch dann wurde das Glimmen stärker und der Gesang lauter. Er war nicht mehr nur in ihrem Inneren zu vernehmen, sondern hallte an den Wänden wider und mit jedem Anschwellen der Töne leuchteten die Runen an den Wänden intensiver. Als sie um die nächste Ecke bog, war sie endlich am Fuße der Treppe angelangt.

Liv blieb stehen und nahm alles in sich auf. Ein runder Raum öffnete sich vor ihr. Ein hoher Brunnenschacht in der Mitte, von dort ging das Glühen aus. Und vor ihr standen vier Gestalten, drei davon hielten sich an den Händen und tönten den murmelnden Gesang. Da war ein zartes Mädchen in grünen, fließenden Gewändern. Daneben eine füllige Frau, lockend schmiegte sich das rote Kleid an ihre üppigen Rundungen. Die Dritte, eine hochgewachsene, hagere Alte hatte sich in der Mitte positioniert. Sie hatte den Kopf gesenkt und blickte auf das Wollknäuel in ihren Händen. Hinter ihr, die Arme ausgebreitet und die Hände der grün- und rotgekleideten Frau umfasst, stand ein Mann. Liv hielt den Atem an. Seine schiere Körpermasse schüchterte sie ein. Groß war er, breitschultrig und muskulös. Das schmale Gesicht mit der leicht gebogenen Nase, von langen weißen Haaren umrahmt, war jedoch feinsinnig und scharf geschnitten.

Noch bevor sie sich fragen konnte, was die merkwürdigen Gestalten hier machten, brach der Gesang ab. Die Frau in der Mitte hob den Kopf. Mit einer ihrer mageren Hände zog sie die blaue Kapuze vom Haupt. Ihr schneidender Blick durchbohrte Liv. Mit einem Mal beschleunigte sich ihr Herzschlag und ihr ganzer Körper bebte. Schmerzhaft zog sich ihr Magen zusammen, die Brust wurde eng. Liv hatte das Gefühl, gleich weinen zu müssen. Denn die Alte, die das Wollknäuel hielt, die Frau in der Mitte des Kreises, deren Blick sie gefangen hielt, war keine andere als ihre Großmutter: Urda.

Der Mann ließ Verdandis und Skulds Hand los. Sie traten zur Seite, so dass Urda auf ihre Enkelin zugehen konnte. All die Jahre hatte sie Liv auf ihre Aufgabe vorbereitet, ohne ihr die Geheimnisse der Zeit offenbaren zu dürfen. Nun war der Moment der Übergabe gekommen.

Sein Herz wurde weit, als er sah, wie die beiden Frauen sich in die Arme nahmen, denn er wusste, das war die Stunde des Abschieds. Das Wollknäuel fiel zu Boden. Damit war der Zauber besiegelt. Es war Zeit, den Faden zu durchtrennen, so dass jede der Frauen aufrücken und ihre neue Aufgabe wahrnehmen konnte. Dieser Zauber war nur heute Nacht möglich. Damit das Rad der Zeit sich weiterdrehte und die Welt nicht aus den Fugen geriet, musste die Aufgabe bis um drei Uhr vollbracht sein.

Nicht immer lief alles nach Plan und nicht immer schickte sich die Anwärterin in ihr Schicksal und ihre neue Aufgabe. Doch mit Liv sollte es keine Probleme geben. Noch immer schmeckte er ihren Kuss auf den Lippen, fühlte, wie herausfordernd ihre Zunge sich bewegt hatte. Mutig hatte sie die Schwelle überschritten, ohne Zögern war sie dem Ruf gefolgt. Sie hatte alle Voraussetzungen dafür, die Zukunft zu gestalten.

Fest hielt Liv ihre Großmutter im Arm. Auch wenn der Körper knochig war, fühlte sie die Kraft, die noch immer in der alten Frau steckte. Sie hatte das Gefühl, Urdas Energie fließe in sie und ihr Herz schlug kräftiger, ihre Lungen weiteten sich. Licht breitete sich aus in ihrem Inneren. Schließlich löste sie sich von ihrer Großmutter.

»Großmama, was machst du hier?« Wie der Lebensfunke aus einer anderen Welt durchschnitt Livs Stimme die Stille. Forschend betrachtete sie die alte Frau.

»Ich bin hier, um Abschied zu nehmen.« Ein trauriges Lächeln huschte über die ach so vertrauten Züge. »Hier, durchtrenne den Faden.« Sie fischte ein scharfes Messer mit beinerner Klinge aus ihrem Gewand.

Auch wenn ihr der Sinn des Unterfangens nicht bewusst war, vertraute sie ihrer Großmutter und tat wie geheißen. Mit zitternden Fingern durchtrennte Liv den Wollfaden, dabei rutschte ihr das Messer weg und die Klinge fuhr ihr in den Daumen. Ein Tropfen dunklen Blutes fiel zu Boden.

»Damit ist der Pakt besiegelt.« Der massige Mann trat zu ihnen. Liv war überrascht, wie weich seine Stimme klang und irgendwie kam sie ihr bekannt vor. Skeptisch runzelte sie die Stirn.

Urda zog ihren Mantel aus und reichte ihr Gewand der üppigen Frau. Lächelnd zog diese den blauen Mantel über ihre Schultern und in diesem Moment schien eine Veränderung mit ihr vorzugehen. Alle Farbe floss aus dem roten Gewand und den Haaren. Brüste und Bauch, eben noch prall und rund, sackten nach unten, tiefe Falten erschienen auf ihrem Gesicht. Die Frau alterte vor Livs Augen.

»Ich, Verdandi, werde jetzt deine Stelle einnehmen und die Schätze der Vergangenheit wahren«, sagte die alte Frau und verneigte sich vor ihrer Großmutter. »Ruhe in Frieden Urda, Mutter aller Mütter, Hüterin der Geschichte.« Die beiden Frauen küssten sich auf die Wangen und die nun blau Gewandete drehte sich um und ging zur Treppe hinüber.

»Was geht hier vor sich?« Als könne sie von ihm eine Erklärung erwarten, drehte sich Liv zu dem massigen Mann.

Ein schiefes Lächeln zuckte um dessen Mundwinkel. »Wir sind am Ort der Zeit. Der Dienst deiner Großmutter geht zu Ende.« Er wies auf die Frau, die sich gerade anschickte, die Treppen hinaufzusteigen. »Sie ist jetzt Urda und tritt ihre Nachfolge an.« Sein helles Auge funkelte und Liv fühlte sich von seinem Blick durchdrungen. So, als könne er bis auf den Grund ihrer Seele blicken. »Und du wirst nun die Zukunft der Menschen hüten.«

Die junge Frau im grünen Gewand trat zu Liv. »Hier an der Quelle ist dein Platz.« Ihr Gesichtsausdruck war sanft, aber undurchdringlich. »Du wirst meine Stelle einnehmen. Skuld sollst du heißen.«

»Und woher weiß ich, was ich tun soll?« Liv verstand kein Wort von dem, was ihr hier gesagt wurde. Die ganze Situation kam ihr so abstrus vor. Träumte sie, oder hatte etwa jemand die Bowle auf der Feier mit Drogen gepanscht? Vielleicht war sie auch in die Fänge irgendeiner seltsamen Sekte geraten.

»In der Bowle waren keine Drogen. Ein bisschen zu viel Weißwein und Zucker für meinen Geschmack.« Das Blitzen in den Augen des Mannes kam Liv irgendwie vertraut vor. »Deine Aufgabe ist es, die Wurzeln zu wässern, alles Werdende zu hüten. Hab keine Angst, ich werde dich schon in die Obliegenheit einführen.«

»Und ich habe dich, denke ich, gut genug vorbereitet.«
Die Großmutter fasste Liv an den Händen. »Lass uns jetzt
ein letztes gemeinsames Mahl nehmen, bevor ich diese
Welt verlasse und mich zur Ruhe begebe.«

»Wir widmen uns anderen Dingen, immerhin muss auch
ich in meine neue Aufgabe eingeführt werden.« Mit einem
Augenzwinkern legte die grün Gekleidete den Arm um den
massigen Oberkörper des Mannes. »Auf diesen Augenblick
warte ich schon lange. Bist du bereit?« Verführerisch zwinkerte sie dem Mann zu.

»Vielleicht führst auch du mich in die neue Aufgabe
ein«, brummte er und folgte der jungen Frau, die ihn an der
Hand mit sich zog. Am Fuße der Treppe drehte er sich
noch einmal um. »Danke dir Skuld, für deinen Dienst.«
Dann warf er Liv ein breites Grinsen zu. »Wir sehen uns!«

Kälte schlug ihr entgegen. Benommen fröstelte Liv und
blickte sich um. Gerade noch war sie mit ihrer Großmutter
durch die Tür getreten, nun stand sie wieder allein auf der
halbrunden Aussichtsplattform und blickte über die
Sünderstaffel hinab. Das gelbe Licht der altertümlichen
Straßenlaternen hatte an Kraft verloren. Kalt und klar zog
die Dämmerung des Neujahrtages hinauf. Die Sackgasse
mit den kahlen Laubbäumen und die ehrwürdigen Altbau-
ten vor ihren Füßen rahmten den in sanften Gelb- und
Rottönen erglühenden Himmel.

Was war ihr heute Nacht widerfahren? War sie tatsächlich tief in die Erde gestiegen und hatte einem seltsamen
Ritual beigewohnt? Hatte sie sich tatsächlich von ihrer
Großmutter verabschiedet und die Aufgabe als neue Hüterin
des Brunnens übernommen? So ein Unsinn! Sicher waren
diese Erinnerungen einem schlechten Trip entsprungen.

Wahrscheinlich hatte irgendjemand auf der Party etwas in die Bowle gemischt auf der Party.

Sie schüttelte den Kopf. Ihr war, als sei sie nach einem langen Traum erwacht, zurück in die Wirklichkeit gelangt. Sie blickte an sich herunter. Ihre Jeans waren fleckig an den Knien, der Stoff an einer Stelle aufgerissen. Aber was war das? Dort, am Rande der Plattform, lehnte ihr Rucksack. Er war umgekippt, ihr Häkelzeug und das Handy lagen daneben. Was für ein Glück! Sie griff danach und prüfte, ob es noch funktionierte. Der Akkustand war niedrig. Ein paar Nachrichten waren eingegangen. Sie stutzte. Mehrere Anrufe ihrer Eltern. Sie tippte auf die Voicemail. Wie von fern drang die Stimme ihrer Mutter zu ihr. Die Nachricht traf sie wie ein Schwall Eiswasser und trotz der Kälte und der Schmerzen fühlte sich ihr Körper mit einem Mal seltsam taub an. Ihre Großmutter war heute Nacht verstorben.

Wie konnte das sein? Automatisch schob sie das Handy in ihre Gesäßtasche. Betäubt starrte Liv vor sich auf den Boden. Ihr Blick trübte sich. Wütend fuhr sie sich übers Gesicht und wischte die Tränen weg. Sie würde hier nicht weinen. Es war Zeit, endlich nach Hause zu kommen. Hastig stopfte sie alles in ihren Rucksack und schulterte ihn. Gerade wollte sie sich umwenden, da stieß sie an einen massigen Körper. Sie hob den Blick.

Der seltsame Mann stand vor ihr. Zwar trug er kein fließendes Druidengewand und wallende Haare, sondern Parka und Jeans und seine Haare waren zum Pferdeschwanz gebunden. Grinsen und das Blitzen in den grauen Augen waren eindeutig Doch die muskulöse Gestalt, das schiefe.

Sie hatte das Gefühl, der Boden würde ihr unter den Füßen weggezogen, sie schwankte. Eine stützende Hand umfasste sie fest am Rücken.

»Was hältst du davon, wenn ich dich erstmal nach Hause

bringe und wir trinken zusammen einen Kaffee?« Weich und sanft drangen seine Worte an ihr Ohr.

»Ich wüsste nicht, warum ich einen Fremden mit nach Hause nehmen sollte.« Ihre Stimme klang schrill in ihren eigenen Ohren.

»So fremd bin ich gar nicht. Vielleicht sah ich gestern ein bisschen weniger furchteinflößend aus.« Er zwinkerte ihr zu. »Aber wenn ich mich nicht irre, hatten wir uns verabredet und du hast mir deine Nummer gegeben.«

»Kjell?«, entfuhr es Liv und auf einmal wusste sie, warum ihr die warme Stimme, das schiefe Lächeln und die blitzenden Augen vertraut vorgekommen waren.

»Genau, so habe ich mich gestern genannt. Aber ich habe viele Namen.« Er hakte sich bei ihr unter. »Und ich schätze, ich schulde dir noch einige Erklärungen.«

Historischer Hintergrund

Katrin S. Knopp

WAGENBURGTUNNEL

Der Wagenburgtunnel führt durch den Kamm der Uhlandshöhe und verbindet so den Hauptbahnhof mit dem Stuttgarter Osten. Bereits 1920 wurden Planungen für dieses Vorhaben unternommen, aber erst 1940 begann im Zuge des Baus von Luftschutzräumen die eigentliche Umsetzung. Ziel war es dabei, Luftschutzräume zu schaffen, die nicht nur bombensicher waren, sondern auch anderweitig genutzt werden konnten.

Bildquelle und Rechte: Stadtarchiv Stuttgart 9200 Fotosammlung F 4342 - CC BY-SA 3.0 DE

1941 begann man damit, Sichtstollen anzulegen und im selben Jahr wurde auch der Durchstich erreicht. Während des Krieges wurde der Wagenburgtunnel nicht nur als Großluftschutzraum genutzt, in dem bis zu 15.000 Personen Platz fanden, sondern auch zur Einlagerung von Kunstgegenständen. So wurde das von dem großen dänischen

Klassizisten erschaffene Schillerdenkmal dort eingelagert und überstand den Krieg unbeschadet.

Die Nordröhre wurde zwar direkt neben dem eigentlichen Tunnel begonnen, aber nie fertiggestellt. Sie wurde nur bis 170 Meter ausgebaut. Schon in den 1960er Jahren fanden hier unter dem Motto ›Musik im Stollen‹ Konzerte statt. Von 1985 bis 2012 beherbergte dieser Raum dann ›Die Röhre‹. Dabei handelte es sich um einen Musikclub, der Konzerte und Tanzveranstaltungen im Bereich Independent und Subkultur veranstaltete und damit internationale Bekanntheit erlangte. Viele Künstler, die heute große Hallen füllen, traten am Anfang ihrer Karriere dort auf, darunter Element of Crime, die Ärzte oder Porcupine Tree.

KOPIE VON RODINS DENKER

Auf dem Weg durch die Gänsheide im Stuttgarter Osten kommt an einem Garten vorbei, in dem eine große Nachbildung von Auguste Rodins ›Denker‹ steht. Die Figur ist nicht etwa so aufgestellt, dass sie dem Spaziergänger den Rücken zuwendet, sondern sie blickt aus dem Garten heraus.

Das Original des Werks befindet sich in Paris im Musée Rodin und wurde vom Bildhauer zwischen 1880 und 1882 geschaffen. Die Statue ist eines der populärsten Kunstwerke Rodins und es existieren heute auf der Welt viele Kopien.

Die kauernde, massige Figur stützt den Kopf auf den angewinkelten Arm und ahmt damit den Melancholiegestus nach, den Dürer mit seinem Meisterstich in die Kunst eingeführt hatte. Dürer zeigt den

Villa in Stuttgart, Gänsheidestr. 15.
Architekten: Schmohl & Staehelin daselbst.

Bildquelle: Historische Ansicht Gänsheide W.Kick: „Einfach Neubauten" – Architekturverlag von W.Kick in Stuttgart

erdenschwere Genius als Sinnbild des melancholischen Gemüts des Künstlers. Rodin hingegen verzichtet auf jegliches Attribut und jeden Verweis auf die Kulturgeschichte. Der bloße Mensch wird somit durch seine Pose und sein Gestus zum Symbol der Trauer, zum modernen Denker.

Der Denker soll Dante Aligheri darstellen, den Schöpfer der göttlichen Komödie, wie er von einer Depression gelähmt und sinnend dasitzt, bevor er durch das Höllentor tritt und seine Reise durch das Jenseits beginnt. 1980 wurde in Stuttgart eine zweite Interpretation des Themas geschaffen. Eine 800 kg schwere Bronzeplastik von Hans-Jörg Limbach. Der Stuttgarter Denker zeigt einen übergroßen Kopf, der sich auf seine zwei Hände stützt. Heute steht die 2,70 x 2,20 Meter große Plastik auf dem Börsenplatz.

BRUNNEN

Stuttgart besitzt mehr als 250 Brunnenanlagen, viele davon sind Sehenswürdigkeiten und erzählen von der Geschichte der Stadt. Bevor es fließendes Wasser gab, holten die Menschen

an den alten metallenen Pumpbrunnen ihr Wasser, darüber hinaus gab es auch viele Heilquellen, Zierbrunnen und Wasserspiele. Auch für Löschwasser wurden Brunnen genutzt. Die Feuergefahr war groß und das Abpumpen mühsam, so dass schließlich mit dem Feuersee ein größeres Löschwasserdepot angelegt wurde. Der älteste Brunnen ist der Schenklinsbrunnen in Heslach. Bereits 1343 wurde er im Zinsbuch des Esslinger Spitals er-

Der Nachtwächterbrunnen in Stuttgart.

Bildquelle: Autor/ -in unbekannt - Architektonische Rundschau 1901, Heft 9, Tafel 65

wähnt. Er ist ein Trinkwasserbrunnen und versorgte die Heslacher Bevölkerung bis 1882 mit frischem Nass. In unmittelbarer Nähe, auf dem Bihlplatz, befindet sich der Ochsenbrunnen. Ein prächtig gestalteter Trog aus Gusseisen diente ab 1880 tatsächlich als Tränke für Ochsen. In der

Mitte erhebt sich eine Säule, auf der ein Löwe das Wappen mit dem Stuttgarter Rössle hält.

In Stuttgart Mitte, zwischen Parkhaus, Leonhardskirche und Stadtautobahn, steht der Nachtwächterbrunnen. Auf einem architektonischen Aufbau von Heinrich Halmhuber thront die stolze Figur des Nachtwächters. Die Skulptur wurde von Adolf Fremd erschaffen. Die namengebende Figur verweist in finstere Zeiten. Bis 1862 zogen die Wächter zum Schutz der Bürger durch die Straßen, einen Hund an der Seite, die Hellebarde in der Hand mit Laternen. Gleichzeitig ist der 1900 entstandene Brunnen jedoch Zeuge einer modernen Zeit, denn die Laterne, die der Nachtwächter trägt, war die erste elektrisch beleuchtete Straßenlampe im öffentlichen Stadtraum.

SCHWABSTRAßENTUNNEL

Bildquelle und Rechte: Stadtarchiv Stuttgart 9450 Postkartensammlung A 395 8 - CC BY-SA 3.0 DE

Als der Schwabstraßentunnel 1896 eröffnet wurde, wurde dies mit einem großen Fest mit Umzug gefeiert. Ein Festzug mit Motorwagen von Daimler und Handwagen mit Produkten der Heslacher Bauern fuhr hindurch, dazu Bierwagen der in der Nähe ansässigen Brauereien.

Von den Einheimischen wurde der Tunnel bald nur noch Schwabtunnel oder auf gut schwäbisch ›das Tunell‹ genannt.

Nicht nur war der Schwabtunnel zu diesem Zeitpunkt der breiteste Tunnel des Kaiserreichs (mit 10,50 Metern), sondern auch der erste städtische Straßen- und Straßenbahntunnel. Für die Stuttgarter wichtiger war jedoch, dass nun eine Verbindung zwischen den beiden Stadtteilen Stuttgart West und Stuttgart Süd hergestellt wurde.

Im zweiten Weltkrieg wurde der Tunnel zugemauert. Das Bauwerk diente zu dieser Zeit als Luftschutzraum und erst 1948 wurde es wieder eröffnet und so die Verbindung zwischen dem Westen und Heslach wieder hergestellt.

STÄDTISCHES LAPIDARIUM

Wenn man von der Karlshöhe hinunterkommt, von dort in die Mörikestraße einbiegt und die Schritte Richtung Innenstadt lenkt, passiert man, ohne es zu ahnen, ein Kleinod Stuttgarts. Eine Oase voller Kunstschätze inmitten der Stadt. Hier befindet sich nämlich hinter den Häuserreihen verborgen, das Städtische Lapidarium.

Die malerische Parkanlage gliedert sich in einen unteren Teil in Form eines italienischen Gartens im Stil der Neorenaissance und einen am Hang gelegenen, von hohen Bäumen gesäumten Teil. Sie umfasst die steinernen Überreste Alt-Stuttgarts. Darunter befinden sich seit 1950 Grabplatten, Portale, Statuen und Wappensteine aus verschiedenen Epochen.

Uexküllscher Gartenpavillon, Stuttgart, Büchsenstraße 21, 1919 abgebrochen, Foto. Bildquelle: André Lambert; Eduard Stahl: Alt-Stuttgarts Baukunst, hrsg. v. d. Stadtverwaltung Stuttgart, Konrad Wittwer: Stuttgart o.J. [1906], Tafel 33.1

Zu verdanken ist die Bergung der Schätze den Historikern Gustav Wais und Wilhelm Speidel. Sie bargen nach dem Zweiten Weltkrieg die Schmuckstücke aus den Trümmern. Besonders hervorzuheben sind die Plastiken des großen Klassizisten Heinrich Danneckers, aber auch Werke von Ludwig Hofer sowie Reste des Königstores und Figuren aus der Villa Berg. Die dem Apoll von Bellvedere nachgebildete Skulptur von Ludwig von Hofer stammt von 1851. Sie ist aus echtem Marmor und wurde inzwischen aufwändig restauriert.

SCHREBERGARTENSIEDLUNG WESTBAHNHOF

Der Stuttgarter Westen wurde als Stadtteil erst im 19. Jahrhundert erschlossen. Beginnend von der Innenstadt, die Hänge hinauf wurde der Stadtteil bis zu Beginn des 20. Jahrhunderts bebaut. So kann man auch heute noch eine kunsthistorische Reise von den im biedermeierlichen Stil gehaltenen Stadthäusern, über prächtige historistische Bauten und Jugendstilarchitektur auf Höhe der Schwabstraße bis zu den Häusern im Heimatschutzstil am Westbahnhof unternehmen. Gebaut wurde entlang der von der Stadtplanung angelegten Hauptstraßen, von denen die Panoramastraße Reinsburgstraße, die prächtigste war.

Bildquelle: Aquarell Pieter Francis Peters - Artistische Anstalt von E. Hochdanz, Stuttgart, 1878

Beim Bau durchschnitten Straßen und Häuser Felder, Gärten und kleine Parzellen. Ein winziger Rest davon ist in der Schrebergartensiedlung unterhalb des Westbahnhofs erhalten.

Die Haltestelle Westbahnhof wurde als ›Hasenbergstation‹ im Jahr 1879 eröffnet und erst 1985 für den Personenverkehr geschlossen. Ihr wurde damals eine große Bedeutung beigemessen, da sie die Abzweigung entweder zum Feuersee oder nach Feuerbach darstellte und von Stuttgart über Böblingen und Herrenberg in den Schwarzwald führte, die berühmte ›Schwäbsche Eise'bahne‹.

SÜNDERSTAFFEL

Durch Stuttgarts Topografie erklärbar – die Stadt schmiegt sich in einen Talkessel – ist die Tatsache, dass Stuttgart so viele Treppen aufweist. Im Stadtgebiet sollen es an die 600 Treppenanlagen sein. Diese werden von den Einheimischen liebevoll ›Stäffele‹ genannt und verbinden Panoramastraßen, erschließen Wohngebiete, geben Zugang zu Weinbergen und führen oft in schwindelerregende Höhen. So gilt die Willy-Reichert-Staffel, die zur Karlshöhe führt, mit 400 Stufen als die längste der Stuttgarter ›Stäffele‹.

Doch auch die Sünderstaffel, die hinter der Staatsgalerie bis zu einem Aussichtspunkt den Hang hinaufführt, hat immerhin 244 Stufen vorzuweisen. Der Name leitet sich ganz prosaisch von einer Familie Sünder ab, die im 14. Jahrhundert hier ansässig war.

Bildquelle: Gustav Wais: Alt-Stuttgarts Bauten im Bild, Stuttgart 1951, Nachdruck Frankfurt am Main 1977

Allerdings sind aus späterer Zeit zwei Steinzeugnisse erhalten, die diesen Namen bereits in religiösem Sinne deuten und auch in nachfolgenden Jahrhunderten haben sich Legenden um die steinerne Treppe gesponnen. So wird berichtet, Verbrecher hätten hier die letzte Andacht vor ihrem

Tod am Galgen abgehalten oder ein eifersüchtiger Junker habe gar einen Mord begangen.

Die Autorinnen

Anna Leyk
Stuttgart Ost

Was ich an Stuttgart liebe, ist die geografische Lage. Ich mag die vielen Stäffele, der Blick über Stuttgarts Talkessel ist immer umwerfend. Das gibt der Stadt ihr besonderes Flair. An meinem Stadtteil schätze ich das Normale. Er bietet seinen Bewohnern ein reelles Umfeld mit guten Läden und netten Biergärten ganz ohne Chichi.

Wenn ich durch ein Portal reisen könnte, würde ich gerne einen Blick in die Hölle werfen: Mehr Dante oder eher Sartre?

Publikationen:

Anna Leyk: Pferdekauf für Anfänger: So finde ich zu meinem ersten eigenen Pferd. BoD (2017).

Anna Leyk: Drei Worte weiter: Anthologie. BoD (2022).

Katrin S. Knopp
Heslach

Stuttgart ist für mich die ideale Mischung aus Kultur und Natur, Großstadt und Kiez. An meinem Stadtteil mag ich besonders den Marienplatz mit seinen Cafés und Bars, dem Wochenmarkt und für die Kinder dem Springbrunnen zum Toben.
Wenn ich durch ein Portal reisen könnte, würde ich gerne durch die Zeit reisen, am liebsten ins 19. Jahrhundert.

Publikationen:

Katrin S. Knopp: Die kleine Prinzessin Nimilu. Härter Verlag. Reutlingen (2021) mit Illustrationen von Aileen J. Graf.

Katrin S. Knopp: Hier könnte es Drachen geben …! BoD (2024) mit Illustrationen von Aileen Graf.

Katrin S. Knopp: Spices and Fire - Scents of London. Einhorn Verlag. Schwäbisch Gmünd (2024).

Johanna Schließer
Stuttgart West

Stuttgart ist die perfekte Kombination aus Großstadt und Dorf. Der Westen ist für mich eine faszinierende Verbindung aus Vergangenheit und Gegenwart. Wenn ich durch ein Portal reisen könnte, dann weit in die Zukunft, um zu schauen, wie sich dieser Ort entwickelt.

Publikationen:

Johanna Schließer: Stille Kämpfer. kdp (2013).

Johanna Schließer: Drachenfeuerjagd - Die komplette Trilogie. kdp (2021).

Johanna Schließer: Briefe an die Zeit. BoD (2021).

Johanna Schließer: Flammenhetzerwut – Die ersten Funken. BoD (2025).

Sabine Wälz
Heslach

Stuttgart betrachte ich am liebsten von einem der vielen Aussichtspunkte aus. Ich mag die Weinberge, das kulturelle Angebot, die wunderschöne Markthalle im Herzen der Stadt. Am Süden liebe ich die Mischung aus Natur und Urbanität: Mit der Zahnradbahn schnell ins Grüne. Cafés, Bars und Second Hand Läden um den Marienplatz. Zum Schwimmen geht es ins Heslacher Hallenbad. Wenn ich durch ein Portal reisen könnte, dann am liebsten in die wunderbare Scheibenwelt von Terry Pratchett. Vielleicht würde ich mich einer Gilde anschließen oder einem Hexenzirkel beitreten.

Publikationen:

Sabine Wälz: Der Nachtfuchs. kdp (2015).

Sabine Wälz: Wo geht's denn hier nach Bethlehem? kdp (2016).

Sabine Wälz: Das Geheimnis der Anderlinge. epubli (2020).

Sabine Wälz: Die Sache mit den Wünschen. kdp (2020).